日雇い浪人生活録㈧

金の悪夢

上田秀人

時代小説文庫

角川春樹事務所

目次

江戸のお金の豆知識⑧

出版物の価格例

江戸期に多様な文化が開花した背景には、出版業や本屋の発展、江戸中期に商売として定着した貸本屋の増加による印刷物の流通があった。上方で栄えた出版業がやがて江戸でも急速に発展。儒学や医学など堅い内容の本のほか、簡易な作りで価格を抑えた絵双紙が庶民の間に広まった。

主な出版物の値段

媒体	江戸の価格例	現在の貨幣換算
絵双紙・草双紙（貸本屋から借りた場合）	8～24文	約130～400円
	絵が主で、その余白に文章が綴られたもので、庶民は主に貸本屋で借りた。ジャンルごとに表紙が色分けされ、歴史もの、霊験記、武勇伝、浄瑠璃・歌舞伎のあらすじなどを扱った「青本」「黒本」、大人向けの洒落と風刺に富んだ絵物語「黄表紙」などがあった。子供向けの「赤本」は、2～4文で借りられた。	
読売（瓦版）	8～16文	約130～260円
	絵と文字で1枚にまとめられた摺り物で、天災や事件、心中などのゴシップも扱い、庶民の好奇心を満たし、話題を提供した。読売屋が、大声で面白おかしく内容を読み上げながら売り歩いた。	
江戸絵・錦絵	24～32文	約400～600円
	版画の前身といわれ、初期の単色刷りからしだいに多色使いとなり、人気を博した。花魁や芸者などをモデルとした美人画、歌舞伎役者などを描いた役者絵があった。	
浮世絵	12～24文	約200～400円
	当代の風俗を描く風俗画で、美人画、役者絵、芝居絵、名所絵、春画など多岐にわたった。一点ものの肉筆画は高価だったが、摺ったものは比較的安価で求められた。	

※この表は、江戸後期の資料をもとに作成したものです。
同じ資料から事例を拾うのは困難であるため、複数の資料を参考にしました。

主な登場人物

諫山左馬介《いさやまさまのすけ》……親の代からの浪人。日雇い仕事で生計を立てていたが、分銅屋仁左衛門に仕事ぶりを買われ、月極で雇われた用心棒。甲州流軍扇術を用いる。

分銅屋仁左衛門《ふんどうやにざえもん》……浅草に店を開く江戸屈指の両替屋。夜逃げした隣家（金貸し）に残された帳面を手に入れたのを機に、田沼意次の改革に力を貸すこととなった。

喜代《きよ》……分銅屋仁左衛門の身の回りの世話をする女中。少々年増だが、美人。

徳川家重《とくがわいえしげ》……徳川幕府第九代将軍。英邁ながら、言葉を発する能力に障害があり、側用人・大岡出雲守忠光を通訳がわりとする。

田沼主殿頭意次《たぬまとのものかみおきつぐ》……亡き大御所・吉宗より、「幕政のすべてを米から金に移行せよ」と経済大改革を遺命された。実現のための権力を約束され、お側御用取次に。

お庭番……意次の行う改革を手助けするよう吉宗の命を受けた隠密四人組。明楽《あけら》飛騨《ひだ》、木村和泉《いずみ》、馬場大隅《おおすみ》と、紅一点の村垣伊勢《むらがきいせ》（＝芸者加壽美《かすみ》）。

安本虎太《やすもととらた》、佐治五郎《さじごろう》……目付の芳賀と坂田の支配下にあり、独自に探索も行う徒目付《かち》。

佐藤猪之助《さとういのすけ》……もと南町奉行所定町廻り同心。御用聞きの五輪《いつわ》の与吉《よきち》に十手を預けていた。家士殺害の下手人として左馬介を追い、失職した。

表デザイン　五十嵐　徹
（芦澤泰偉事務所）

日雇い浪人生活録◇八

金の悪夢

第一章　執念の火

一

会津《あいづ》藩松平《まつだいら》家は格別の家柄とされている。

これは藩祖保《ほ》科肥《しなひ》後守正之《ごのかみまさゆき》が、三代将軍徳川家光《いえみつ》の異母弟であり、その信任を受けて大政委任《たいせいいにん》を務めていたからである。

嫉妬深かった二代将軍徳川秀忠《ひでただ》の正室江与《えよ》の方《かた》による虐待を避けるため、保科家へ養子に出されていた正之は、同母弟忠長《ただなが》に嫡男《ちゃくなん》の地位を脅かされ続けた家光にとって、唯一敵対を考えなくてすむ一門であったことで重用を受けたのだ。

もちろん、保科正之が有能であったこともある。

のち、保科正之はご家門大名と認められ、松平の姓を許され、会津藩二十三万石の大名となるが、生涯傅育《ふいく》をしてくれた保科家の恩を忘れず、その姓を名乗り続けた。実直、幕府への忠誠を旨《むね》とする。

初代正之の遺言を受け継ぎ、会津藩は代々幕府への忠誠を第一においている。徳川家康《いえやす》が晩年まで警戒していた先代伊達《だて》家、米沢上杉《よねざわうえすぎ》家への抑えも会津藩の役目である。そのため実際の軍役より家臣の数を多く抱えていた。

泰平《たいへい》の世に藩士の数が多いのは負担でしかない。そこに会津は冷害に遭《あ》いやすく、不作のこともままある。

藩の財政はかなり前から破綻《はたん》していた。

その藩政を受け継いだのが、会津五代藩主松平肥後守容頌《かたのぶ》であった。松平容頌は前藩主容貞《かたさだ》の長男で、寛延《かんえん》三年（一七五〇）十一月に家督を継ぎ、宝暦《ほうれき》六年（一七五六）に家重《いえしげ》へ目見えをして任官したばかりであった。

「殿」

和田倉御門《わだくらごもん》を入ったところに与えられている会津藩松平家の上屋敷の御座《ござ》の間《ま》で、藩政改革に頭を悩ましていた松平容頌を、江戸家老井深《いぶか》深右衛門が訪れた。

「深右衛門か。いかがいたした。うん、誰か連れておるの」

顔をあげた松平容頌が問うた。

「留守居役《るすいやく》高橋外記《たかはしげき》でございまする」

井深深右衛門が連れてきていた老齢の藩士を紹介した。

「留守居役が……まあよい、入れ」

少し考えた松平容頌が、入室を許した。

「御免を」

井深深右衛門が御座の間の中央下段、高橋外記が襖際《ふすまぎわ》に腰を下ろした。

「いかがでございましょう」

「いかぬな。一揆《いっき》が痛かったの」

状況を尋ねた江戸家老に、松平容頌が首を左右に振った。

父容貞が二十七歳という若さで急死、八歳で藩主の座を継いだ松平容頌は、数年後財政状況を知らされ、その酷《ひど》さに絶句した。

「父が若くして死なれたのも無理はない」

容貞が藩主であったのは十九年でしかなかったが、その間に会津は城下にまで打ち壊しが及ぶほど窮乏《きゅうぼう》していた。年貢を半減すると約束して打ち壊しを治めたが、これが悪例になり、その後も百姓による打ち壊しは何度もあり、そのたびに会津藩は年貢減免をしなければならなくなり、一層財政が厳しくなった。

「これではやっていけぬ。祖父が藩士の召《め》し放《はな》ちをしたと聞いたときには、なんと無残なまねをなさるかと憤《いきどお》ったものだが……そのていどでどうにかなるものではない」

愕然《がくぜん》とした松平容頌は禁じ手に出た。

「年貢を五公五民に引きあげる」

会津藩は幕府の忠臣であるべしという保科正之の遺訓《いくん》を守り、その年貢も幕府領と同じく四公六民と低かった。

周辺の外様《とざま》大名が五公五民、どころか六公四民と厳しい年貢を課している。それに合わせるだけであると甘く考えていた会津藩は、それを発表した途端に藩内で百姓一揆が続発、年貢をもとに戻さざるを得なくなっていた。

「はい」

井深深右衛門もうなずいた。

一揆は治世の能力を持たないと判断され、大名に大きな傷を残す。

さすがに会津藩という祖を徳川秀忠に持つ名門を一揆があったからと潰《つぶ》すことはないが、なにかしらの罰は下された。

登城遠慮、謹慎ですめばなにより、当主の隠居なら上々、運が悪ければ減封《げんぽう》、転封《てんぽう》もあり得る。

どこの藩でも一揆は非常にまずく、起こったら幕府からなにかを言われる前に鎮圧あるいは慰撫《いぶ》しなければならない。幕府も最近の大名が手元不如意《ふによい》なのは重々わかっているので、一揆があったと知ってもすぐには動かない。幕府としても面倒な大名の内政に手出しはしたくないのだ。ただ一揆の報告が他藩から入ったり、その影響が当該大名家だけでは治めきれなくなったときは容赦しない。

「御上《おかみ》には知れずにすんだことは吉であったが、財政の悪化を止められぬ。あまりしたくはないが、藩士たちの召し放ちをせねばならぬだろうの。それも前回、祖父がおこなったものをはるかにこえる規模で」

松平容頌が苦い顔をした。

「その先々代の召し放ちにかかわることでございまする」

井深深右衛門が用件に入った。

「召し放ちがどうかしたのか」

松平容頌が怪訝《けげん》な顔をした。

「高橋、そなたから報告をせよ」

控えていた高橋外記を井深深右衛門が促した。

「御前、失礼をいたしまする」

言われた高橋外記が一膝《ひとひざ》前へ進み、一礼した。

「うむ」

「先々代さまのときにおこなわれました召し放ちでございますが、そのなかに馬廻《うままわ》り役二百四十石諫山《いさやまなにがし》某と申す者がおりました」

「諫山……知らぬの」

松平容頌が首をかしげた。

会津藩には目見え以上の藩士だけで二千人近い。そのすべてを藩主が覚えているはずはない。ましてや、己《おのれ》が生まれる前に放逐《ほうちく》された者など知っているはずはなかった。

「一族もろともに召し放ちの対象となりましたので、当家に諫山姓の者はおりませぬ。ただ、妻の実家は残っているはずでございますが……」

「で、そやつがどうした」

細かい話をしだした高橋外記を松平容頌が制した。

「その諫山の係累《けいるい》ではないかという浪人を見かけましてございまする」

「どうでもよいことではないか。忙しいおりに無駄なことを聞いている暇はないのだぞ」

告げた高橋外記に松平容頌が不機嫌な顔をした。

「それが、その浪人者、お側御用取次《そばごようとりつぎ》の田沼主殿頭《たぬまとのものかみ》さまとかかわりがございますようで」

「なんだと」

驚いた松平容頌が目を大きくした。

「詳しく申せ」

松平容頌が高橋外記を急《せ》かした。

「昨日のことでございますが……」

高橋外記が、江戸城呉服橋《ごふくばし》御門近くの堀端で諫山の係累と思われる浪人と商人に、別の浪人が襲いかかったところから、その襲いかかった浪人を撃退した諫山の係累ではないかと思われる浪人が商人の供で田沼意次《おきつぐ》の上屋敷へ向かったところを見たと語った。

「田沼さまのお屋敷には陳情の者が集まって来ているというではないか。その一人であったのでは」

松平容頌が疑念を口にした。

「その怖《おそ》れもございましたので、昨日ご報告いたしませず、今朝より調べるように命じましてございまする」

井深深右衛門が代わって答えた。

「かかわりがあったのだな」

「はい。田沼家の門番から聞き出しましたところによりまするよ、諫山の係累ではないかと思われる浪人と同行していたのは、浅草《あさくさ》門前町で両替商をしておりまする分銅《ふんどう》屋《や》、そして浪人はその用心棒だそうでございまする」

松平容頌から訊《き》かれた高橋外記が述べた。

「分銅屋をそなたは存じおるか」

「当家出入りではございませぬが、江戸でも指折りの両替商にございまする」

「指折りの両替商か……ならば金はあるな」

「ございましょう」

確認した松平容頌に井深深右衛門が首肯《しゅこう》した。

「使えるの、その諫山とかは」

松平容頌が口の端《はし》を緩《ゆる》めた。

「はい」

「分銅屋から金を借りるときの伝手《つて》になることはもちろん、田沼主殿頭さまへの繋《つな》がりともなってくれましょう」

井深深右衛門と高橋外記が同意した。

「問題は、そやつが当家にいた諌山とかかわりがあるかどうかじゃ」

同意した井深深右衛門に松平容頌が言った。

「高橋、そなたに命じる。諌山かどうかを確かめ、そうであったならば……」

言いかけて松平容頌が思案に入った。

「……殿」

考えこんだ松平容頌に、井深深右衛門が気遣いの声をかけた。

「……諌山であったならば、余のもとへ連れて参れ」

「なにを仰せに」

「それは」

松平容頌の言葉に井深深右衛門と高橋外記が驚いた。

「殿が浪人ごときとお話しなさるというのはいかがかと。わたくしが代わって説得をいたしまする」

井深深右衛門が松平容頌を諌《いさ》めた。

藩主が浪人と会う。これ自体は珍しいものではなかった。浪人のなかには学識の豊かな者、武芸に秀でた者などもおり、それらを招いて、藩で講義をさせたり、武芸を教えたりさせる。この場合、最初に藩主に挨拶《あいさつ》をするのが通例とされていた。

しかし、そういった技能もない浪人を藩主が、それも将軍家に繋がる名門会津松平がするなどあり得る話ではなく、万一、金策のために浪人を頼んだなどと世間に知られれば、それこそ赤恥ものであった。

「いや、余でなければなるまい。諫山だとすれば、会津藩には恨みしかあるまい」

「そのようなことはございませぬ。当家には代々の恩こそあれ……」

首を横に振った松平容頌に、井深深右衛門が反論した。

「本気でそう思っておるのか」

「………」

あきれるような松平容頌に、井深深右衛門が黙った。

「当家と諫山のご恩と奉公はもう切れておる。それもこちらから切って捨てたのだ。いわば他人である。他人にものを頼むとあれば、礼を尽くすのは当たり前だ」

松平容頌が宣言した。

「ご深慮に感嘆いたしましてございまする」

「浅慮《せんりよ》でございました」

高橋外記が賛し、井深深右衛門が謝罪をした。

「わかってくれたか。高橋、よいな」

「お任せをいただきますよう」

念を押した松平容頌に、高橋外記が手を突いた。

「では、我らはこれにて。参るぞ、外記」

井深深右衛門が高橋外記を誘って、松平容頌の前からさがった。

「……ご苦労であった」

家老執務室である御用部屋へ戻った井深深右衛門が、高橋外記をねぎらった。

「いえ、ご家老さまこそ、お疲れでございましょう」

高橋外記が気遣いを返した。

「……先ほどの殿のお言葉じゃがの。おぬしはどう思う」

少し間を空けて、井深深右衛門が高橋外記に訊いた。

「諫山にお目通りを許されるというお話でございまするか」

「それよ」

高橋外記の確認に井深深右衛門がうなずいた。

「……いけませぬな」

ちらと井深深右衛門の顔を見てから、高橋外記が頭を左右に振った。

「であろう。会津家のご当主さまともあろうお方が、金のために頭をさげるなど、あってはならぬことだ」

井深深右衛門が強い語調で断じた。

「お目通りはやむを得ぬとしてもだ。もし、殿のご下命を諫山が拒んだときはどうする。浪人が会津二十三万石、従四位《じゅしい》肥後守さまのお言葉をだ」

「それはっ……」

「許せぬであろう」

「ですが、殿のお指図でございますぞ。それをなしというわけには参りませぬ」

高橋外記が井深深右衛門に忠告した。

「わかっておる。殿と諫山を会わすのはいたしかたない。ただ、そのとき殿に恥を掻《か》いていただくわけにはいかぬ」

「…………」

井深深右衛門の勢いに、高橋外記が沈黙した。

「諫山を躾《しつ》けておけ」

「躾けるとは……」

高橋外記が戸惑った。

「殿のお言葉すべてを肯定するように、しておけ」

「それは、いささか無理があるかと。諌山は当家を追放された者。当家に従う理由はございませぬ」

井深深右衛門の命に、高橋外記が無理だと応じた。

「先々代さまに召し放たれたとはいえ、それまでの間、何代にもわたって当家の禄《ろく》を食《は》んできたのだ。当家の窮状の一因であったことは否《いな》めまい」

「無茶を」

さすがに高橋外記があきれた。

「気に入らぬならば、諌山の妻の実家を潰すと言え」

「迫水《さこみず》家は、国元でございますが」

さらに悪辣《あくらつ》な手立てを口にした井深深右衛門を、高橋外記が諌める気配を乗せて告げた。

「それがどうした」

井深深右衛門は気にもしなかった。

「……………」

「なにも迫水家でなくともよいのだぞ」

口をつぐんだ高橋外記を、井深深右衛門が意味ありげな目で見つめた。

「ま、まさか」

「次の召し放ちに、そなたの名前がなければよいがの」

井深深右衛門が感情のない声で言った。

「……わかりましてございまする。努めましょう」

「努めるのではない。やるのだ」

陥落《かんらく》した高橋外記を井深深右衛門が追い撃った。

二

腹が立ったときに、思わずやってしまったことを後悔するのは、人の常である。

「しまったかの」

浪人諫山左馬介《さまのすけ》はため息を吐《つ》いた。

「つい、うっとうしかったから、要《い》らぬことを言ってしまった」

長屋で一人左馬介は悶々《もんもん》としていた。

「どうした、欲求が溜《た》まっているのならば、相手をしてやってもよいぞ」

天井から女お庭番村垣伊勢《にわばんむらがきいせ》の声が降ってきた。

「それではないわ」

左馬介が言い返した。

「ほう」

音もなく、村垣伊勢が仰向《あおむ》けになっている左馬介の腹の上へ落ちてきた。

「重い」

「ほう、女にそう言った男は碌《ろく》な死にかたをせぬと決まっているのだが」

村垣伊勢がにやりと嗤《わら》った。

「言ったやつはどうなったのだ」

「さあな。海までいったか、その前に浮かんだか」

興味本位で訊いた左馬介に、嗤った表情のまま村垣伊勢が答えた。

「……軽いの、おぬしは。ちゃんと食べておるのか」

すんなりと左馬介が謝罪をした。

「そうか、そんなに軽いか」

村垣伊勢の顔から嗤いが消えた。

「で、そなたはなにを煩悶《はんもん》していたのだ」

右手を左馬介の股間に伸ばしながら、村垣伊勢が問うた。

「勘弁してくれ。最近、ご無沙汰《ぶさた》なのだ」

左馬介があわてて股間をかばった。

「潰してくれようと思っただけじゃ」

「………」

村垣伊勢の言葉に、左馬介が絶句した。

「さて、潰されたくなければ、正直に話せ。おまえには貸しがある」

「貸し……」

言った村垣伊勢に、左馬介が怪訝な顔をした。

「とぼける気か。そなたの昔なじみとかいう浪人のかかわりが、吾《われ》を襲ったのだぞ」

「あっ」

言われた左馬介が思いあたった。

先日、何度か左馬介とともに人足仕事などをした浪人津川九郎《つがわくろう》が、分銅屋から金を盗《と》ろうと考えて、誘いをかけてきた。

分銅屋の用心棒をしている左馬介がそんな話に乗るはずはない。しかし、あきらめきれない津川九郎の親分格らしい阿蔵《あぞう》という無頼《ぶらい》が、左馬介を脅す材料として隣家に住む村垣伊勢のことを口にした。

村垣伊勢は表看板としている柳橋《やなぎばし》の名妓《めいぎ》加壽美《かすみ》として知られている。見た目だけではたおやかな女でしかない。阿蔵たちは、村垣伊勢の実力を知らずに手を出した。

「先ほどの重いと言ったのが……ぐえっ」

もう一度重いと口にした左馬介の腹に、村垣伊勢が体重をかけた。

「もぎ取られたいようだな」

村垣伊勢が右手の指を、左馬介の顔の前で動かして見せた。

「すまぬ」

左馬介があわてて詫《わ》びた。

「さっさと話せ」

「わかった」

要求する村垣伊勢に左馬介がうなずいた。

「じつは、先ほど、湯屋《ゆや》に行ったところ、南町奉行所の同心《どうしん》だった男が同席といっていいのか、隣に来ての」

「南町奉行所の同心だった男といえば、佐藤猪之助《さとういのすけ》であったな」

すぐに村垣伊勢が思いあたった。

「おぬしに絡《から》みすぎて、南町奉行所を追い出されたはずだが……まだ、あきらめていなかったのか」

「失うものがなくなったからではないか」

村垣伊勢の嘆息《たんそく》に、左馬介が述べた。

「で……」

「あまりにしつこいのでな、湯屋に言って放り出させた」

「なるほど。おまえと偶然湯屋で会うとは思えぬ。湯屋の番頭あたりが手引きしたか。それを咎《とが》めた。分銅屋のかかわりであるおまえを怒らせては、大事になる。番頭が佐藤猪之助をつまみ出したと」

「さすがだな」

村垣伊勢の読みの的確さに左馬介が感心した。

「わからぬのは、おまえくらいだろう」

鼻で村垣伊勢が笑った。

「での、そのとき、あまりのしつこさに腹を立てておったのでな。つい、佐藤の耳元で、殺したと」

「囁《ささや》いたのか」

左馬介の話に、村垣伊勢があきれた。

「…………」

無言で左馬介が村垣伊勢から顔を背《そむ》けた。

「愚か者め」

すっと村垣伊勢が立ちあがった。

「己で蒔《ま》いた種だ。己で刈ってこい。まあ、稲でも麦でも、一粒蒔いた種が何十倍に稔《みの》るからの、大変だろうが」

あっさりと村垣伊勢が左馬介を見捨てた。

「…………」

すっと村垣伊勢が天井の梁《はり》へと飛びついた。

「あと、欲求は発散しておけ。みょうなものを溜めるゆえ、そんな馬鹿をするのだ」

村垣伊勢がにやりと笑って消えた。

「……思い出してしまったではないか」

左馬介が腹の上に乗っていた村垣伊勢の尻《しり》の感触を思い出して、眉間《みけん》にしわを寄せた。

男が女を欲するのは、子孫を残さねばならないという本能であった。

「暇がなかったとはいえ、何カ月になるか」

左馬介は長屋を出た。

分銅屋仁左衛門《にざえもん》に雇われてから、ほとんど休みもなく用心棒として、店に詰めていた。その代わり、十分な手当と三度の食事、長屋の家賃、湯屋の代金まで与えられている。文句はまったくない。なにせ浪人にとって、明日の米の心配をしなくていいほど、うれしいものはないからだ。

だが、溜まるものは溜まる。宿直《とのい》をすませ、疲れ果てて長屋で寝入った翌朝、褌《ふんどし》が汚れていたことはあった。

「不満が馬鹿な一言に繋がったか」

村垣伊勢に指摘されて左馬介は反省した。

「分銅屋へ出るまで、あと一刻半（約三時間）ほどか。急げば、吉原《よしわら》に行けるな」

左馬介が独りごちた。

吉原の昼見世《ひるみせ》は、すでに始まっているし、浅草からだとそう遠くはない。馴染《なじ》みの遊女など作りたくてもできない浪人者には、そういった格の遊女がいる。見世の格子《こうし》ごしに客を呼び、二階の大広間を枕屏風《まくらびょうぶ》で仕切っただけの小間で、股を開く最下級の端《はした》ならば、不意に訪れてもすぐに対応してくれる。

「金はあるが、暇がないか。昔は暇はあったが、金はなかった」

左馬介が苦笑した。

分銅屋仁左衛門の用心棒になって、食住、風呂の代金まで不要になった左馬介は、かなり裕福になっている。それこそ、吉原で太夫《たゆう》とはいかないが、そのすぐ下になる格子女郎くらいならば、馴染みになれる。だが、その格の遊女となると、ちょっと寝転がせてというわけにはいかなくなる。揚屋《あげや》という貸座敷を取り、そこへ敵娼《あいかた》を呼んで、夕餉《ゆうげ》をすませてから翌朝までの共寝となった。もちろん、するだけのことをすませても子《ね》の刻（午前零時ごろ）前であれば、帰ることもできるとはいえ、まず、朝まで過ごす。一夜で二分《ぶ》から一両近くかかるが、今の左馬介には出せる。

なれど、それをすると分銅屋の夜の守りができなくなる。

もっとも盗賊の被害が起こりやすい夜に、遊女遊びをするようでは、とても用心棒としては務まらない。辞めさせられるのはまちがいなかった。そして、用心棒を辞めれば、左馬介の生活は一気に悪くなる。

金がもらえなくなるのはもちろん、住んでいる長屋を追い出され、湯屋に行くのも自前になる。

「もう、前の暮らしには戻れぬ」

左馬介がつぶやいた。

人は贅沢《ぜいたく》に慣れる。玄米で満足していた者が白米を知ると、玄米をまずいと感じるのと同じで、長屋でもかなり高級な今のところから、場末の厠臭《かわやくさ》い汚いところに戻るのは辛《つら》い。

死ぬわけではないと後回しにしてきた湯屋も、毎日入るとその快適さに溺《おぼ》れてしまい、なしでは耐えられなくなった。

「生きていかねばならぬ。ならば、前に進むのみ」

そう口にしながら、左馬介は吉原へと足を向けた。

三

もと南町奉行所定町廻《じょうまちまわ》り同心佐藤猪之助は、左馬介のささやきを聞いてすぐに動いた。

「与吉《よきち》はどこだ」

かつての手下《てか》の御用聞きの家を訪れた佐藤猪之助は門前払いを受けた。

「この疫病神《やくびょうがみ》、なにしに来やがった」

「二度と縄張りには入らねえという約束だろう」

与吉に会うどころか、その手下の下っ引《したび》きたちに追い払われた。

「きさまら、誰に向かって……」

かつては旦那、旦那と立ててくれた下っ引きの態度に、佐藤猪之助が怒りを見せたが、そんなものは過去の栄光でさえない。

「浪人がなにを言いやがる」

「てめえ、ちいと疑いがある。ちょっと話を聞かせてもらおうか」

下っ引きに十手《じって》を出されては、浪人は逆らえない。手向かえば、まちがいなく袋だたきに遭わされる。

「与吉に伝えてくれ。あの分銅屋の浪人が下手人《げしゅにん》だとわかったとな」

伝言を残すのが精一杯で、佐藤猪之助は背を向けるしかなかった。

「塩撒《ま》いておけ」

下っ引きが塩を持ち出した。

「やめとけ。もったいねえ。塩もただじゃねえ」

家の奥から与吉が出てきた。

「親分、ですが」

「それくれえの恩はあるだろう」

まだ腹を立てている下っ引きを、与吉が抑えた。

「……へえ」

下っ引きがうなずいた。

「まだ、あきらめてねえのでごさんすか、旦那」

与吉が遠ざかっていく佐藤猪之助の背中に目を伏せた。

「親分、まさか……」

下っ引きが与吉の顔色を窺《うかが》った。

「安心しろ。もう旦那にはかかわらねえ。危うく十手を取りあげられかけたんだ」

与吉が首を左右に振った。

御用聞きが手当ともいえない小遣い銭で、与力、同心の手下をやっているのは、十手の持つ力を手にするためであった。

御用聞きの十手は、町奉行所の与力、同心の持つ十手と違って、公式にはなんの力もない。それは表向きの話をすればということであり、実際は町奉行所の権能の一部と捉《とら》えられていた。

つまりは、町奉行所の与力、同心から、その権力を貸し与えられているとされ、御用聞きの指示に従わないと、町奉行所の役人が出張《でば》ってくる。

極端な言いかたをすれば、虎《とら》の威《い》を借る狐《きつね》であった。

とはいえ、町人にとって町奉行所は怖いところである。虎の威を借る狐とわかっていても御用聞きに逆らえるはずもない。

「ちょっと来い」

御用聞きにそう言われては、従うしかないのだ。

「ご勘弁を」

「とんでもねえ」

嫌がればなにか後ろ暗いことがあるだろうと勘ぐられ、拒否すれば怪しいとして捕まえられる。

「冤罪《えんざい》だ」

捕まってから騒いでも手遅れになる。町奉行所は怪しい者に拷問を加える権を持っている。さすがに命にかかわる石抱きや海老責《えびぜ》めは老中の許可が要るため、おこなわれないが木の棒で叩《たた》くくらいは平気でやる。

「畏《おそ》れ入りました」

暴力になれていない町民なぞ、一刻（約二時間）も保《も》たず、ありもしない罪を認めることになる。

「馳走《ちそう》になるぜ」

「気を遣わせて悪いな」

当然、町民たちは御用聞きの機嫌を取ることになり、無銭飲食、袖《そで》の下《した》などが横行する。

「いつもお世話になっております」

裕福な商家のなかには、最初から御用聞きを懐柔《かいじゅう》するため、節季ごとに金を包んだりもする。これがかなりの金額になり、大きな商家を抱える縄張りの御用聞きともなると、年に百両くらいは集まる。

五輪《いつわ》の与吉と二つ名を持つその縄張りは、浅草寺《せんそうじ》の周辺であり、入ってくる金は大きい。その縄張りを失いかけたのだ。与吉が動かないと宣《せん》したのも当然であった。

「安心しやした」

下っ引きが安堵《あんど》の息を吐《つ》いた。

「おい、田五郎《たごろう》」

与吉が文句を言いたそうにした下っ引きの名前を呼んだ。

「へい」

「てめえ、しばらく分銅屋を見張っていろ」

「親分、それは」

指示された下っ引きが、つい今否定したばかりだろうと息を呑《の》んだ。

「旦那……いや、もうその呼びかたはいけねえな。あの浪人の手伝いをしようというんじゃねえ。どころか、反対だ」

「反対でござんすか」

親分の言葉に下っ引きが首をかしげた。

「あの浪人が、馬鹿をしでかさねえかどうかを見張れ」

「なるほど。で、もしあの浪人が分銅屋へ近づいたらどうすれば」

与吉の指図を受けた田五郎が対応を問うた。

「追い払え」

「捕まえるんじゃなくて、追い払うだけ」

「そうだ」

念を押した田五郎に与吉が首肯《しゅこう》した。

「承知しやした」

田五郎が駆け出していった。

「あっしには、これ以上できやせんよ」

与吉が口のなかでつぶやいた。


一も二もなく従ってくれると思いこんでいた与吉に追い払われた佐藤猪之助は衝撃を受けていた。

「随分、面倒を見てやったというに」

佐藤猪之助は、借りている長屋で酒で憂《う》さを払おうとしていた。

「町奉行所へ復帰したら、与吉の十手を取りあげてくれる」

怒りを抑えきれなくなった佐藤猪之助は、脇差《わきざし》を売った金で買った酒を一気に呷《あお》ったが、酔えるものではない。

「……くそっ」

酒を空にした佐藤猪之助だったが、まだ与吉への恨みを捨てられていなかった。

「与吉が使えぬならば……」

酔いで痛む頭を押さえて、佐藤猪之助は誰に協力を求めるかを考えた。

「南町の同僚……駄目だな。お奉行から拙者《せっしゃ》に触れるなと厳命されていると聞いた」

かつての同僚を佐藤猪之助はあきらめた。

「……あの二人の徒目付《かちめつけ》ならばどうだ。旗本《はたもと》の家臣が殺された一件であれば、徒目付が出張ってもおかしくはない」

徒目付は、目付の配下として、その指揮を受けるのと同時に、御家人《ごけにん》の監察もおこなう。直接旗本屋敷へ手を入れる権は持たないが、それでも目付へ話をあげることはできる。

「よし」

気合いを入れた佐藤猪之助は、顔を洗うこともせず、顔見知りとなった徒目付安本《やすもと》虎太《とらた》の屋敷へと急いだ。

「またか」

偶然、非番で屋敷にいた安本虎太が嘆息した。

「いい加減、あきらめればよいものを」

分銅屋仁左衛門に触れれば、田沼意次に睨《にら》まれると知っている安本虎太は、佐藤猪之助の執念に嫌気が差し、距離を置こうとしていた。

かといって門前払いをすれば、どこへ行って騒ぐかわからない。安本虎太と同僚の佐治五郎《さじごろう》は、分銅屋仁左衛門を調べろと目付芳賀《はが》と坂田《さかた》の二人から命じられておりながら、身の危うさを感じて逃げ出している状況である。一応、当たり障《さわ》りのない報告をして、ごまかしてはいたが、優秀な目付がいつまでも欺《だま》されてくれるはずもなく、最近、追及が始まっている。

今、佐藤猪之助に騒ぎたてられるのは、目付の二人に感づかれるかも知れず、避けたいところであった。

「認めた、認めたぞ」

嫌そうな顔を隠して、門内で話をするとした安本虎太に、佐藤猪之助が興奮して告げた。

「なにをだ」

それだけで事情がわかるはずもない。安本虎太が詳細を問うた。

「分銅屋の用心棒が、旗本の家臣を殺したと自白した」

「なんだとっ」

ことがことである。思わず安本虎太が驚愕《きょうがく》の声を漏らした。

「……ということだ」

佐藤猪之助が、湯屋での出来事を語った。

「むうう」

難しい顔で安本虎太が唸《うな》った。

「どうだ。これならば、分銅屋の用心棒を捕らえられよう」

佐藤猪之助が身を乗り出した。

「浪人は町奉行所の管轄であろう」

安本虎太が逃げ腰を見せた。

「町奉行所は駄目だ。南町奉行山田《やまだ》肥《ひ》後守《ごのかみ》が、主人による上意討ちだと認めている」

苦く佐藤猪之助が頬をゆがめた。

さらなる出世を求めている役人は、決して己の間違いを訂正しない。訂正するということは、過《あやま》ちを認めることになるからだ。そして、旗本として町奉行より先は、両手の指で足りるほどしかない山田肥後守にとって、己の失敗を認めることはできなかった。

「旗本が絡むのだ。目付衆のお仕事であろう」

「たしかにそうなのだがな……」

安本虎太が口ごもった。

目付は定員十人、旗本の監察、城中の平穏維持、城下火事場への出張など、その任は広い割に人が少なく、多忙を極める。

「お目付衆の手が……なあ」

「非違《ひい》監察がお役目であろう。旗本が御上《おかみ》を謀《たばか》ったのだぞ」

乗り気でない安本虎太に、佐藤猪之助が詰め寄った。

「町奉行さまを蹴落《けお》とすことになるだろうが」

出世するには、上役から引きあげてもらうか、上役の足を引っ張るかのどちらかが要る。

引きあげてもらえれば後のもめ事もないが、その上役が転《こ》けたときには道連れにされる。

対して上役の足を引っ張るほうは、一蓮托生《いちれんたくしょう》がない代わりに、周囲から警戒される。なにせ上役を裏切っているのだ。次も同じことをすると思われて当然であった。ようは、味方がいなくなる。

味方のいない役人というのは辛い。失策を指摘してくれる者も手助けしてくれる者もいないのだ。絶えず油断せずに気を張り続けなければならない。どれほど出世の亡者であっても、これは厳しい。

まして、町奉行は目付からの出世としては、二段から三段さきにあるほどの高官になる。蹴落としにいって、返り討ちに遭うこともある。上役の足を引っ張りそこねた下僚の運命《さだめ》は一つ、更迭《こうてつ》だけだ。

秋霜烈日《しゅうそうれつじつ》とうたわれる目付といえども、さすがにそれは避けたい。

「昨今のお目付衆は、上役を狙うより、諸大名や旗本の些細《ささい》な失敗を咎めて、それを手柄とする風潮が強いのだ」

安本虎太が首を左右に振って見せた。

「……情けない」

佐藤猪之助が首を落とした。

「そういえば、分銅屋へ調べに入られたお目付さまがおられましたな」

「芳賀さまか」

思い出した佐藤猪之助に、つい安本虎太が名前を出してしまった。

「目付の芳賀さまだな」

「あっ」

安本虎太が止めるまもなく、佐藤猪之助が去っていった。

「吾《われ》の名前を出さねばよいが……」

なんとも言えない顔を安本虎太がした。

「町奉行所同心への復帰を狙っている佐藤だ、己《おのれ》一人の手柄にするだろうがの」

安本虎太がかすかな希望にすがった。

四

遊ぶというより、しなければならないことをしたといった感じで吉原を出た左馬介は、その足で分銅屋へ出た。

「遅くなった」

「いえ、刻限にはまだ間がございますよ」

詫びた左馬介に分銅屋仁左衛門が笑った。

「お珍しいことですがね。諫山さまがぎりぎりにお見えというのは」

分銅屋仁左衛門が咎めるといったふうではなく、なにげなく問うた。

いつも出務の刻限、そのかなり前に店に着いているのが左馬介である。それが危うく遅れそうになったとあれば、興味を持つのも無理のないことであった。

「恥を申さねばならぬが……」

吉原へ寄ってきたことを左馬介が白状した。

「なるほど……それは気づきませんで」

分銅屋仁左衛門が頭をさげた。

「商売がおもしろくなりますと、あまり閨《ねや》ごとは要らなくなりまして。己がそれを不要と断じていても、周囲には気遣わねばなりませぬ。奉公人の抜け遊びは許していたのでございますが、諫山さままで思いがいたっておりませんでした」

「いやいや。このようなこと、雇い主どのに気遣ってもらうものではない」

ていねいに謝罪をした分銅屋仁左衛門に、左馬介が手を振った。こういったことは、気づかない振りをしてもらうのがなによりで、気遣われてはいたたまれない。

「それだけ諫山さまが、側《そば》にいていただかねばならなかったということでもございますな」

分銅屋仁左衛門が苦笑した。

「いかがでしょうか。喜代《きよ》と所帯を持ってみては」

「な、なにをっ」

喜代と一緒になればいいと言い出した分銅屋仁左衛門に、左馬介が驚愕した。

「冗談やからかいで口にしたわけではありませぬよ。喜代もそろそろ嫁遅《いきおく》れの歳頃《としごろ》でございますし。かといって、適当にその辺の小商いの後添《のちぞ》えというのはかわいそうでございましょう」

分銅屋仁左衛門が述べた。

大店《おおだな》へ奉公する女中というのは、その多くが花嫁修業であった。食べていけないがための口減《くちべ》らしを受け入れないわけではないが、娘を売り払うような親の場合、その伝手《つて》を利用して借金を頼みに来たり、店でごねてなにかしらの得を得ようとすることが多い。そうなっては店の暖簾《のれん》に傷が付く。また、親元の怪しいところから女中を受け入れると、盗賊の引きこみ役だったりするときもある。どうしても大店は、知り合いの娘を預かって躾《しつけ》をしつつ、奉公をさせるという形を取ってしまう。

喜代もそうであった。分銅屋代々の出入り先の商家の娘で、十二歳で奉公にあがり、四年くらいで適当なところへ嫁入りという、慣例踏襲の予定であった。

それが喜代の気配りを気に入った分銅屋仁左衛門が引き留めてしまった。親元も、代々の出入り先となれば文句も言えず、ずるずると来てしまっていた。

「そのほうがましだろう。拙者など、いつ死んでもおかしくない用心棒でござるが」

「死ぬ……とんでもない。死んでいただくわけにはいきませんな」

小商いのほうがまともだろうと反論した左馬介を、分銅屋仁左衛門が否定した。

「今後、わたくしが生きている間に、諫山さまほどのお方をお迎えすることはできません。これは分銅屋の暖簾を賭けてもまちがいございません」

「過分な評価だ」

べた褒《ぼ》めに左馬介が困惑した。

「諫山さまは、随分と自分を低く見られますな」

分銅屋仁左衛門が左馬介をたしなめた。

「それは、諫山さまを雇っているわたくしに、他人を見る目がないと言われているもおなじでございますぞ」

「そのようなつもりはまったくない」

叱《しか》られた左馬介があわてて首を左右に振った。

「江戸で一番とは申しませぬが、五本の指に入ると自負している両替商、分銅屋仁左衛門の目利きにかなっている。そのことを誇っていただきますよう」

「気をつける」

左馬介が承諾した。

「喜代のこと、お考えくださいよ」

「かたじけないことだ。だが、まだ嫁取りができる状態ではござらぬ」

繰り返した分銅屋仁左衛門に、左馬介が苦渋の顔を見せた。

「まだなにかありましたな」

すばやく分銅屋仁左衛門が気づいた。

「……お話しするほどのものではないと思っていたのだが……湯屋でな」

左馬介が顚末《てんまつ》を語った。

「あの佐藤が……」

聞き終えた分銅屋仁左衛門が頰をゆがめた。

「つまらぬ意趣晴らしであった。恥じ入っておる」

佐藤猪之助に己が旗本の家臣を殺したと告げてしまったことを、左馬介は深く後悔していた。

「まったくでございますな」

分銅屋仁左衛門も怒った。

「奉公構《ほうこうかま》いにされても、文句は言わぬ」

左馬介は、分銅屋を辞めさせられてもしかたないと覚悟をしていた。

「湯屋を替えましょう」

「…………」

分銅屋仁左衛門の言葉に、左馬介が啞然《あぜん》となった。

「うちに迷惑をかけるとわかっていながらしたわけでございますからね。報いを受けていただきましょう。いや、湯屋を建ててやりましょう。すぐ隣に」

「分銅屋どの……」

嫌がらせを考え出した分銅屋仁左衛門に、左馬介が息を呑んだ。

「商いは戦いでございますから。挑《いど》まれてなにもしないとあれば、嵩《かさ》にかかってくる者や、わたくしを甘く見てくる者も出ますからね。しっかりと分銅屋を敵に回す怖さを周囲に見せつけておかねば。おい、番頭さん」

分銅屋仁左衛門が声をあげて、番頭を呼んだ。

「へい」

すぐに番頭が現れた。

「うちの出入りしている湯屋の近くに空き土地はあるかい」

「少し離れますが、十間《じっけん》（約十八メートル）四方の、空き土地というわけではございませんが、古い屋根と柱だけの建物が残っております。さほど面倒なく更地にできるかと」

「ああ、思い出したよ。たしか、飛驒屋《ひだや》の材木置き場だったところだね。そこでいいね。大工の棟梁《とうりよう》を呼んで、湯屋を建ててもらいなさい。金に糸目は付けませんから、急がせるように」

「承知いたしました」

分銅屋仁左衛門の指示を受けた番頭がさがっていった。

「本気か」

「やる以上は、しっかり息の根を止めませんとねえ」

驚きから脱していない左馬介に、分銅屋仁左衛門が宣した。

「あと、五輪の与吉にも釘《くぎ》を刺しておきましょう。まあ、与吉は浅草で生きていくには、どうしたらよいかを知っているでしょうから、念押していどで」

分銅屋仁左衛門が次々と手を打った。

「どうなさいますか」

そのうえで分銅屋仁左衛門が、左馬介に訊いた。

「これだけのことをしてもらって、拙者だけが逃げるわけにはいくまい」

左馬介が肚《はら》をくくったとうなずいた。

「つぎにあの同心が来たならば……きっちり片をつける」

「それが……」

宣言した左馬介に、分銅屋仁左衛門が最後まで言わずに質問した。

「たとえ、命を奪ってもだ」

覚悟のほどを問われた左馬介が表明した。

「結構で」

分銅屋仁左衛門が認めた。

「田沼さまにはご報告せずともよいのかの」

「このくらいのことで、一々頼っていては、見切られますよ。あの方は甘えるだけの者がお嫌いでございますから」

尋ねた左馬介に、分銅屋仁左衛門が答えた。

「では、この話はここまでといたしましょう」

「わかった」

手を叩いた分銅屋仁左衛門に左馬介は首肯し、腰をあげた。

「一回り見てくるといたそう」

左馬介が告げた。

両替屋というより金貸しに近い分銅屋には、数万両の金が置かれている。そのすべてが分銅屋仁左衛門のものとは限らず、余っている金を預けて利をもらおうと考えている金主《きんしゅ》のものも含まれてはいるが、そのようなこと盗賊には関係ない。

「あの蔵には金が眠っている」

盗賊にとって、大事なのは金があるかどうかなのだ。盗みに入って空振りでしたでは、恥を掻くだけでなく、危険をも伴う。

「用心棒は一人だけらしい」

警固の状況も盗賊には重要な要因になる。

分銅屋ほどの大店だと、用心棒は数人抱えることが多い。寝ずの番以外にも昼間の強請集《ゆすりたか》りに対応する用心棒が要るからだ。また、一人の用心棒では十人からの盗賊に押し込みをかけられると対抗できないため、二人以上を配置するのが普通である。

左馬介一人しか置いていない分銅屋は珍しいと言えた。

「一人なら……」

そう考えた盗賊が分銅屋に目を付ける。

大木槌《きづち》で表戸を吹き飛ばして押し込むような、考えなしの盗賊は別として、ほとんどの場合、下見をする。

蔵の位置はどうだ、裏木戸はどこにある、逃げ出す道は、御用聞きの見廻りはあるか、あれば何刻ごろか、調べなければならないことはたくさんある。これを怠《おこた》った盗賊は、結局捕まって三尺《さんじやく》高い木の上に晒《さら》される羽目になる。

どれだけ金を奪っても、生きていなければ使えない。まさに、宝の持ち腐れになってしまう。

「……裏木戸周辺に異状は見受けられぬ」

見廻りに出た左馬介は、まず盗賊がもっとも狙う裏木戸を確認する。その後裏辻《うらつじ》を通って表へ回り、ここには用心棒がいると見せつけて、表から店に入る。

これを左馬介は一日数回おこなっていた。

「問題なさそうだ」

表通りでわざと辺りを見回した左馬介が、店のなかへと戻った。

五

安本虎太の屋敷は本所深川《ほんじょふかがわ》にある。新開地でもある本所深川は埋め立て地のため、湿気が多く、蚊が大量発生する。

こんなところに名門旗本が屋敷を与えられるはずもない。

「どこだ、芳賀さまの屋敷は」

佐藤猪之助は、両国橋《りょうごくばし》を渡った広小路《ひろこうじ》で立ち往生していた。

大名、旗本の屋敷は表札をあげないのが通例であった。これは屋敷は徳川家から貸し出されているものであり、いつ移転を命じられても従うべきものという考えが根付いていているからであった。

「何々さまのお屋敷はどちらで」

初めて訪れるときは、前もって伺っておくのが礼儀であり、いきなり訪ねるような無礼は行き着くことさえできなくなっている。

大まかの場所がわかっていれば、その付近で問い合わせることもできるが、名前だけではどうしようもない。

「絵図か武鑑《ぶかん》を買えばわかるだろうが……金がない」

江戸見物に来た勤番侍《きんばんざむらい》や旅行者のために、江戸の切り絵図や武鑑が書店で売られていた。

切り絵図は町内ごとに描かれたもので、そこにある屋敷や商家の名前が記入されている。武鑑は、幕府の役人、大名について記された書物で、大名ならば石高《こくだか》領地から、上屋敷や下屋敷の場所、正室がどこから来たのかなど、かなり細かいところまで認《したた》められている。役人の場合は、役名ごとにまとめられ、氏名と屋敷地などが載っていた。

切り絵図は土産物《みやげもの》として使われるくらいなので、比較的安く手に入るが、どこの町内にその屋敷があるかわかっていなければ、江戸八百八町を確認する羽目になる。さらに千石に足りない旗本の屋敷は小さいため、名前の文字も細かくて判別しにくい。対して武鑑は役名さえわかっていれば、すぐに名前と屋敷の場所がわかる。目付の芳賀とまでわかっている佐藤猪之助にとっては、武鑑のほうが便利だが、こちらは分厚い和本《わほん》になっており、そこそこの金額が要った。

「浅草に戻れば、中身を見せてくれる書店くらいはあるが……」

佐藤猪之助が悩んだ。

基本、本は中身に値打ちがある。金を払わずに中身を見たいと言っても断られるのが普通であった。

湯屋の代金でさえ出せなかったのだ。そのうえ、やけ酒のために脇差《わきざし》を投げ売ってしまっている。まだ、太刀《たち》はあるが、それまで金に換えてしまえば、もう武士としての矜持《きょうじ》はなくなったと見られてしまう。

「やむを得ぬ」

佐藤猪之助は右へと進路を取り、かつての縄張りであった浅草へと向かった。

安本虎太の屋敷へ行ったことなどもあり、浅草へ戻ったころには日が暮れかかっていた。

「まずい」

急いで佐藤猪之助は浅草寺近くの書店へと走った。

参拝客を相手に商売をする書店とはいえ、店を閉めるのは早い。これは太陽が落ちると、光がなくなり本が見えなくなるからであった。本や切り絵図は紙でできているため、蠟燭《ろうそく》などの火を近づけるのは、火事になる怖れが出てくる。

「ちい、遅かったか」

顔なじみの書店は、すでに大戸を下ろしていた。

「まだ寝てはいまい」

残照が弱いながらもまだある。

「おい、おい」

佐藤猪之助は書店の表戸を叩いた。

「へい、へい、どちらさんで。店の御用なれば、明日にお願いしますよ」

なかから断りの声が返ってきた。

「おいらだ、佐藤だ」

「佐藤さま……」

名乗った佐藤猪之助に、なかの反応は鈍かった。

「南町奉行所同心だった佐藤だ」

「ああ、あの佐藤さま」

そこまで言って、ようやく書店主が理解した。

「頼みがある。ここを開けてくれ」

「どのようなお頼みで」

書店主が内容を問うた。

「武鑑の役人編を見せて欲しい」

「無理をおっしゃる。この刻限では、火を書物に近づけなきゃなりません。ご勘弁を」

佐藤猪之助の求めを書店主が拒んだ。

「頼む」

「なんと言われましても、明日にしてくださいな。こちらも商いでございますので、商品に万一があれば困りまする。お買い上げいただくというならば、お渡しいたしますが」

書店主が買わないのならば帰れと促《うなが》した。

「いくらだ」

「お役人編ですが、三分冊になっておりまして……」

「目付が載っているやつだけでいい」

「あいにく、わたくしどもでは分割はお受けいたしておりません」

要るぶんだけ売ってくれと言った佐藤猪之助を、店主が冷たく断った。

「今までのおつきあいもございますので、明日明るいうちならば、お見せするくらいはいたしますが……本日は、なにを仰せられても」

店主が駄目だともう一度拒否した。

「くそう、おまえもか。おいらが町奉行所の同心だったときは、なんでも言うとおりにしていたというのに」

悔しさに佐藤猪之助が歯ぎしりをした。

「……では、御免を」

嫌気が差したのか、店主が奥へと引っこもうとした。

「待て。黙って武鑑を寄こせ」

佐藤猪之助が太刀を抜いた。

「な、なにをなさるおつもりで」

雰囲気の変わった佐藤猪之助に、店主の声が震えた。

「さっさと開けろ。でなければ、蹴破《けやぶ》るぞ」

書店の儲《もう》けなど知れている。まず盗賊が入ることはない。分銅屋のように表戸に鉄芯《てっしん》を入れておくなどという金のかかるまねはできなかった。

「ご冗談を。町方のお役人だったお方が、強盗をするなど」

「やかましい。こちらはもう切羽詰まっているのだ」

諭《さと》そうとした店主を佐藤猪之助が怒鳴りつけた。

「急がないと、逃げられてしまうではないか」

佐藤猪之助の焦りは、すべてここにあった。

人を殺したと左馬介は自白したのだ。しかも相手は旗本の家臣とはいえ、武士なのだ。庶民として扱われる浪人が下手人となれば、捕まればまず死罪は免れない。

当たり前だが、誰でも捕まりたくはないのだ。佐藤猪之助は左馬介が江戸を逃げ出してしまうことを怖れていた。

左馬介が下手人だと一人騒いだところで、本人がいなければ手柄にはならず、町奉行所同心への復帰もできなくなる。

「誰に逃げられると」

「……誰でもよいだろうが」

訊いてきた店主に佐藤猪之助が大声を出した。

「早くしろ」

ついに苛立《いらだ》ちを頂点にした佐藤猪之助が、書店の表戸を蹴飛ばした。

「ひえっ」

蹴破るほどの威力ではなかったが、店主が怯《おび》えた。

「ま、待って。今、見ますから」

店主が佐藤猪之助を宥《なだ》めた。

「急げ」

「へ、へい」

やむを得ず、店主が武鑑を灯《あか》りのもとへ近づけ、注意しながら目付の項目を開いた。

「お目付さまでございましたな」

「そうだ。目付の芳賀だ」

「……あった。芳賀さまのお屋敷は、赤坂氷川《ひかわ》神社側でございまする」

店主が店のなかから告げた。

「赤坂氷川神社側だな」

礼も言わず、佐藤猪之助が走り去った。

「……行ったか。まったくいつまで経《た》っても旦那のつもりでいやがる。一応、五輪の親分さんにお報《しら》せしておこうかね」

店主が裏口から出た。

浅草寺五重塔の九輪《くりん》が、上から五つまで見えるということから、五輪と二つ名を名乗っている与吉の家は、書店からすぐのところにあった。

「親分さんは、おられるかい」

「これは木下屋《きのしたや》の……ちとお待ちを」

訪れた店主を下っ引きが応対した。

「こちらまでお願いしたい。すぐに戻りたいのでな」

奥へ入りかけた下っ引きに店主が付け加えた。

「へい」

うなずいた下っ引きが奥へ都合を聞きにいき、すぐに与吉を伴って戻ってきた。

「どうかしやしたか」

佐藤猪之助のおかげで面目を潰された与吉は、日頃出入りの金をくれていない書店の主《あるじ》にも低姿勢であった。

「今ね……」

店主が佐藤猪之助が来たと話した。

「……お目付さまのお屋敷を」

「まったく、表戸を蹴破ると脅されたよ」

怒りを店主が見せた。

「そいつは、問題でござんすね。で、その目付さまのお名前は」

「芳賀さまだったよ。お屋敷は赤坂氷川神社側」

目付の名前を確認した与吉に、店主が告げた。

「じゃ、伝えたからね。気をつけてもらわないと。もう、二度と浅草に足を踏み入れさせないようにしておくれ」

「……努力しやす」

さんざん脅された店主の憤懣《ふんまん》をぶつけられた与吉が、苦い顔で応じた。

「親分、さすがに店に押し込もうとしたなどと放置できやせんよ」

下っ引きが店主と同意見を口にした。

「黙れ。縄張りの出入り禁止なんぞできやしねえだろうが。縄張りがどれだけ広いと思ってやがる」

与吉が金もくれていない書店主から馬鹿にされた不満を、下っ引きにぶつけた。

「……」

　事実には違いない。下っ引きが黙った。

「見かけたら追い返すくらいしかできねえ……」

　言いながら、与吉の声が力を失った。

「弱みを握られているからなあ」

　与吉が嘆息した。

　佐藤猪之助が現役のころ、その威を借りて与吉は、かなりあくどいまねをしていた。

「あんまり派手なまねは控えろ」

　十手を預けられた直後、調子に乗って与吉はいろいろとやりすぎた。出入りの金を集めるために、縄張り内の商店で押し借りに近いまねをやり、それを佐藤猪之助に告げられたのだ。

「おいらが詫びておいたが、おめえも頭下げて来い」

　佐藤猪之助にかばってもらったおかげで、反発は収まったが、あのままだったら、御用聞きとして縄張りを失っていた。

　その恩が与吉をして、佐藤猪之助の排斥《はいせき》に思い切れなくしていた。

「ですが、このままだと……」

下っ引きが首を横に振った。

「わかっている。分銅屋へ行く」

「お供しやす」

草履《ぞうり》を履いた与吉の後に下っ引きが従った。

分銅屋仁左衛門の出入りは、五輪の与吉と縄張りを接する布屋《ぬのや》の親分である。縄張り違いの店に御用の筋で顔を出すときは、挨拶をしなければならないが、買いものなどの私用のときは、直接顔を出してもよかった。

「御免を。与吉でござんす」

すでに日は落ち、分銅屋の表戸は閉じられていた。その脇にある潜《くぐ》り戸《ど》を与吉は叩いた。

「五輪の親分さんでございますか。しばし、お待ちを」

いかに御用聞きが相手とはいえ、主の許しなく迎え入れるわけにはいかなかった。

店のなかで後片付けをしていた手代《てだい》が、分銅屋仁左衛門のもとへ報せた。

「通しなさい」

分銅屋仁左衛門が手代にうなずいた。

「ああ、土間で立たせておきなさい」

客ではないと分銅屋仁左衛門が手を振った。

「拙者はどうする」

左馬介が問うた。

「諫山さまは、いつものように」

用心棒として仕事をしているようにと、分銅屋仁左衛門が指示した。

「承知した」

首肯して左馬介は用心棒をするときに待機している台所と奥の中央付近にある部屋へと移動した。

「……お待たせを」

左馬介と別れた分銅屋仁左衛門が店の土間で、与吉と対面した。

「夜分にすいやせん。お叱りを受けたばかりで、このような話を持ってくるのは、面目次第もございませんが……」

湯屋の一件で分銅屋仁左衛門から、苦情の使者を出された与吉が肩身の狭そうな顔をした。

「…………」

無言で分銅屋仁左衛門が先を促した。

「先ほど、またも佐藤が……」

さすがに分銅屋仁左衛門の前では旦那扱いも敬称もつけられなかったのか、与吉が呼び捨てにしながら、佐藤猪之助の行動を告げた。

「書店を脅して、目付の芳賀さまの屋敷を問うたと」

「へい」

念を押した分銅屋仁左衛門に与吉が首を縦に振った。

「そうかい。ご苦労だったね。番頭さん、後を頼みましたよ」

「はい」

後ろで控えていた番頭が、分銅屋仁左衛門の言葉に従って与吉に近づき、すばやくその懐《ふところ》へ紙包みを押しこんだ。

「これはいけやせん」

与吉が気づいて断ろうとした。

「一度出したものを引っこめさせるんじゃないよ」

分銅屋仁左衛門が険《けわ》しい声のまま述べた。

「……ありがとうございやす」

断るとかえって気まずくなると与吉が受け取った。

「またなにかわかったら……」

「ただちにお報せにあがりやす。遅くにご無礼をいたしやした」

こっちに付くんだろうなという分銅屋仁左衛門の問いかけに、しっかりと答えて与吉が帰っていった。

「目付の芳賀ですか。一度、やってきましたね」

しっかり分銅屋仁左衛門は芳賀のことを覚えていた。

「田沼さまの粗《あら》を探しているようでしたが……そいつと佐藤が」

「どういたしましょうか」

話を聞いていた番頭が、分銅屋仁左衛門に声をかけた。

「そうだねえ。少し、気をつけなければいけませんね」

分銅屋仁左衛門が眉《まゆ》をひそめた。

第二章　新たな権

一

武士の門限は日が落ちるまでという決まりが、形だけのものになってから百年が過ぎようとしている。どこの大名、旗本の屋敷でも表門は閉じられるが、出入りの手伝いをすることで小遣い銭を稼ごうとする門番小者《こもの》によって、潜り門《くぐもん》はいつでも開けられるようになっているし、家臣や商人の出入りに使われる脇門にいたっては閂《かんぬき》さえかけられていない。

それだけ夜遊びする武士が増えた。

当然といえば当然であった。戦う者であった武士を役立たずにしたのは、幕府である。

足利《あしかが》が滅び、織田《おだ》が台頭し、豊臣《とよとみ》が栄えた。そして徳川が天下を奪い取った。足利から豊臣まではそのどれもが、武をもっておおきくなり、そして武によって滅びた。

徳川家が同じ末路を取らないと誰が言えよう。

武で成った家は、武で潰《つぶ》される。それを徳川家康は、足利、織田、豊臣と見てきた。いや、今川《いまがわ》、北条《ほうじょう》、武田《たけだ》などを加えると、家康が見た滅びは両手の指では足りない。なにせ、己《おのれ》も今川の人質に出されたり、嫡男《ちゃくなん》を切腹させなければならなくなったり、豊臣と存亡をかけて戦わなければならなくなったりと、常に滅亡と隣り合わせにいたのだ。

家康ほど武家のもろさを知っている者はいなかった。

「なんとかして大名の武を削《そ》がねば、徳川が危ない」

家康は、徳川に代わる者の台頭を怖れた。

徳川が天下を握った後、家康はいろいろな難癖《なんくせ》を付けては、数十万石を領する大大名を取り潰した。

まさに飛鳥尽《ひちょう》きて良弓《りょうきゅう》蔵《おさ》められ、狡兎《こうと》死して走狗《そうく》烹《に》らるである。

だが、これは弊害をもたらした。

潰された大名の家臣たち、浪人となった者たちの受け皿を用意していなかったため、島原《しまばら》の乱、由比正雪《ゆいしょうせつ》の乱へ繋《つな》がった。

乱世を知り、殺し合いを経験した戦巧者が、徳川憎しで集まり、天下を揺るがすほどの騒動を起こした。

島原の乱は、寄せ手の大将板倉内膳正重昌《いたくらないぜんのかみしげまさ》が討ち死にするなど、多大な被害を出した。由比正雪の乱は、事前に訴人《そにん》が出たおかげで大事にはならずにすんだが、幕府塩硝蔵《えんしょうぐら》を爆破、江戸市中を火の海にして、その混乱に乗じて老中と将軍を討ち果たすという策は、幕府の役人たちの心胆《しんたん》を寒からしめた。

「大名の数を減らすよりも、浪人を増やさぬことが肝要」

幕府の方針が大きく変わった。

「武士から戦う力をなくせ」

と同時に、武士の在りようを変換させる策が採用された。

それが、夜遊びを黙認することで武士を堕落させ、武芸ではなく算盤《そろばん》でなければ出世しないようにして、槍《やり》や剣の修練の価値を下げる形への転換であった。

江戸城に近い日本橋葺屋町《ふきやちょう》にあった吉原を、遠く浅草田圃《たんぼ》へ移したのもその一つであった。目立つ江戸城近辺で武士が遊びほうけるわけにはいかないため、遠い浅草の向こうへ移すことで、心おきなく遊べるようにした。また、遠くすることで泊まり遊びをせざるを得ないようにも仕向けた。

と同じようにして、武で仕える番方《ばんかた》の出世を遅くし、代わって勘定方《かんじょうかた》は家柄ではなく能力で勘定奉行まであがれるようにした。

「剣がなんの役に立つ。算盤、算勘《さんかん》こそ出世の早道」

お目見え以下からでも、勘定頭《がしら》になれる。幕府三奉行の一つ、勘定奉行さえも夢ではない。それを見せつけられた御家人《ごけにん》や小旗本が、必死に吾《わ》が子に算盤を覚えさせるように変化するのは当然、剣術や槍術《そうじゅつ》が廃《すた》れた。

それから百年なのだ。もう、武士に夜討ち朝駆《あさが》けをする気概はなくなった。

だが、目付は違った。目付は旗本の非違《ひい》監察をする。他人の振る舞いを監視し、咎《とが》めるということであり、それによって改易、切腹となる者も出る。

当然、旗本たちの恨みを受けることになる。

「おぬしができておらぬに、他人を非難するなど、増長にもほどがある」

目付はこう指弾されるわけにはいかないのだ。

「さすがはお目付どのじゃ」

畏怖《いふ》をもって接しられるようにならなければ、目付にはなれなかった。

目付の屋敷は、今でも門限を守り、厳粛《げんしゅく》に周囲への模範とならなければならない。もし、目付屋敷の隣が、夜遊びをさせているようであれば注意をする。場合によっては門限を破った近隣の旗本家へ監察に入るときもある。

「しばしの間、我慢せい」

目付に近い旗本屋敷は、家臣たちを宥《なだ》め、夜遊びを禁じる。

芳賀の屋敷の近辺も静かであった。

「遠いわ」

浅草から赤坂まで駆け続けた佐藤猪之助は、荒い息を吐《つ》いた。

「このあたりのはずじゃ」

佐藤猪之助は、静まりかえっている屋敷群をながめた。

「人がおらぬ」

誰かに芳賀の屋敷を訊《き》こうとしても、日が落ちた今はまったく姿がない。

「どこかの屋敷の潜り戸を叩《たた》いて問うしかないだろうが……」

門限を過ぎてからの来客は迷惑なものだ。それが客でさえないとなれば、返答さえしてもらえないこともあり得る。

「この辻《つじ》には違いない」

一筋向こうは、遊び帰りらしい武士の姿もある。

「あちらで尋ねるか」

少し離れているが、出歩いている武士へと佐藤猪之助は近づいた。

「卒爾《そつじ》ながら、芳賀さまのお屋敷をご存じではあるまいか」

「芳賀……お目付のか」

問うた佐藤猪之助に、酔っていた武士の顔色が月明かりでもわかるほど変わった。

「知らぬ」

手を振って、酔っていた武士が逃げた。

「あっ……」

佐藤猪之助が手を伸ばしたが、届くはずもなかった。

「…………」

その様子を見ていたらしい、他の通行人たちもそそくさと足を速めた。

「ここまでとは」

目付の権威の大きさに、佐藤猪之助が驚いた。

「なればこそ、目付衆の力を借りられれば……町奉行といえども」

佐藤猪之助が驚きを期待に変えた。

「だが、どこかわからぬのでは……」

しかし、期待はすぐに困惑となった。

「………」

佐藤猪之助は、この辺りだろうというところをうろついた。辻灯籠《つじどうろう》の灯《あか》りを頼りに、門に近づいては、なにかしら手がかりはないかと見回す。

「胡乱《うろん》なり。何者か」

小半刻(約三十分)ほど、そんな動きを繰り返していた佐藤猪之助に誰何《すいか》の声がかかった。

「……拙者《せっしゃ》は、怪しい者ではございませぬ。夜中ながら、お報《しら》せいたしたいことがございまして、お目付芳賀さまのお屋敷を探しておりました」

「芳賀は当家である」

六尺棒を手にした門番が、潜り門を出てきた。

「おおっ、ご当家さまでございましたか」

佐藤猪之助が安堵《あんど》した。

「近づくな。そなたの名前は。浪人だな」

門番が近寄ろうとした佐藤猪之助に、六尺棒の先を向けた。

「もと南町奉行所同心佐藤猪之助と申しまする。どうぞ、芳賀さまにお取り次ぎを」

佐藤猪之助が門番にすがった。

「もと南町奉行所の同心……わかった。待っておれ。そこから動くな」

もう一度六尺棒を突きつけて、門番が潜り門に手をかけた。

「それでご納得いただけなければ、分銅屋にかかわることだとお伝えを願いまする」

「分銅屋だな」

繰り返して門番がなかへと消えた。

目付は角を曲がるときでも、直角を意識する。座るときは袴《はかま》の折り目を合わせる。すべてにおいて杓子定規《しゃくしじょうぎ》な行動を旨《むね》とする。

江戸城での宿直でないときは、七つ（午後四時ごろ）に下城、暮れ六つ（午後六時ごろ）には夕餉《ゆうげ》、その後、入浴をし就寝と、芳賀の日課は決まっていた。

「殿さま」

湯殿《ゆどの》の外から門番が声をかけた。

「なにじゃ。先ほどから門前が騒がしいぞ」

しっかり芳賀は門でのことを気づいていた。

「もと南町奉行所の同心の……」

門番が語った。

「南町奉行所の同心……なにか、聞いたことがあるの」

芳賀が考えた。

「分銅屋にかかわりがあるとも」

門番が佐藤猪之助の追加を述べた。

「……分銅屋だと。そうか、思い出した。分銅屋に絡《から》んで南町奉行山田肥後守から叱られた者がいたと町方書上《まちかたかきあげ》にあった」

町方書上とは、町奉行所や江戸町年寄が、江戸市中の噂《うわさ》を含む諸々《もろもろ》を幕府へ報告するものであり、目付部屋にもその写しが届けられた。

「わかった、会う。供待《ともま》ちで待たせよ」

芳賀が佐藤猪之助に目通りを許すと門番に告げた。

表門は浪人のために開かれない。潜り門を通らされた佐藤猪之助は、案内されたのが玄関土間に繋がる供待ちであることに矜持《きょうじ》を傷つけられた。

「小者扱いか」

供待ちはその名前の通り、主《あるじ》が用をすますまで控えている場所である。基本として壁から腰掛け代わりに出ている板と火鉢、薬罐《やかん》に湯飲みが用意されているだけで、士分を待たせる場所ではなかった。

「……煙草《たばこ》も置いてないのか」

気の利いた大名家などでは、小者たちのために煙草盆を出してくれるところもあったが、芳賀家の供待ちにはなかった。

煙草は贅沢品《ぜいたくひん》であった。庶民でも吸えるどこのものかわからないような煙草ならば、五匁《もんめ》（約十九グラム）で蕎麦《そば》一杯の半分にあたる八文、屑《くず》のを集めたもので五匁四文で買えたが、いがらいだけで味などない。対して、混じりけなしの国分《こくぶ》の葉ともなれば、最高級で一服分で百文からする。

町奉行所の同心として贅を極めた生活をしていた佐藤猪之助は、煙草にも凝《こ》っていた。さすがに一服百文はしなかったが、五匁で百文近いものを金無垢《きんむく》で作らせた吸い口の煙管《きせる》で吸っていた。

「……白湯《さゆ》も冷めてる」

来客には遅すぎるため、供待ちの火鉢の炭には灰が被《かぶ》せられており、薬罐の白湯も温《ぬる》い水でしかなかった。

「おいっ」

不満たらたらで湯飲みの白湯を口にしていた佐藤猪之助の前に、浴衣《ゆかた》姿の芳賀が現れた。

他人前《ひとまえ》では袴を着けるのが武家の礼儀だが、それは相手が武士の場合である。

「…………」

あくまでも小者扱いする芳賀に佐藤猪之助は、黙った。

「さっさと用件を申せ。非常識な刻限だということをわかっておるならばな」

芳賀が急《せ》かした。

「……はっ」

佐藤猪之助は、怒りを呑《の》みこむしかなかった。

「あまりに無礼である」

座を蹴ってしまえば、佐藤猪之助は浮かびあがる機を失う。

「本日、昼過ぎに……」

佐藤猪之助は、湯屋《ゆや》での遣《や》り取りを語らず、ただ左馬介が殺したと自白したとの話を、芳賀へ伝えた。

「殺した……あれか、旗本田野里《たのさと》での上意討ちとなったやつだの」

目付は大名、旗本にかかわることは、知っておかなければならない。

「たしか、当主に無礼を働いた家臣を手討ちにしようとして逃げられたが、そのときに負わせた傷がもとで、死んだと」

「さようでございまする」

芳賀の確認を佐藤猪之助が認めた。

「ふむ。あの家臣を殺したのが、じつは分銅屋に寄宿している浪人某《なにがし》だど」

目付にとって幕府が頼りないと感じた商家が雇う用心棒など、認められるものではない。芳賀は左馬介を寄宿浪人と称した。

「本人がそのように申しましてございまする」

念を押すように言った芳賀に、佐藤猪之助が吾が意を得たりと興奮した。

「それだけか」

「えっ」

他にはないのかと言われた佐藤猪之助が、一瞬唖然《あぜん》とした。

「その浪人がそなたに自白したというが、なにか書いたものとか、これを使って殺したという血の付いた太刀《たち》を持っていたとか」

「……いいえ」

佐藤猪之助が首を横に振った。

「自白だけか……ならば、その自白をそなた以外に聞いていた者はおるか」

「わたくし以外に……」

「おらぬのか。ならば話にならぬの」

芳賀が冷たく断じた。

「お待ちを……おりまする。そのときすぐ側《そば》にいた者がおりました。あの者に訊けば
……」

「何者じゃ。それは」

「湯屋の番頭でございまする」

「……湯屋の番頭だと……ふん」

口にした芳賀が、鼻で笑った。

「話にならぬわ」

「なぜでございまする。本人が申したのでございまする。殺したと」

「それが真実だとどうやって証明する。湯屋の番頭の証言など、目付は取りあげぬぞ。

目付は旗本を監察する。それだけに身許《みもと》のはっきりした者以外の言葉を用いぬ。湯屋
の番頭と浪人の話を真に受けて、田野里を咎めるなどできぬわ」

「そんな……」

「浪人や湯屋の番頭の話を使いたいなら、町奉行所へ行け」

啞然とする佐藤猪之助に芳賀が出ていけと手を振った。

「ふ、分銅屋は……」

「それも町奉行所であろう。目付は旗本を相手にするのだ。そなたもと南町奉行所の同心だと申したではないか。ならば、古巣へ持っていけ」

「それができぬゆえに、お目付さまのもとへ……」

「出ていけと申した。おい、追い出せ」

まだあきらめない佐藤猪之助を、芳賀が追い出せと門番に命じた。

「おいっ」

門番が六尺棒を佐藤猪之助の右肩に据えた。

「無駄であったわ」

芳賀が文句を言いながら、屋敷のなかへと戻っていった。

「ああ、お待ちを、お待ちを……ああっ」

「出ていけ。打ち据えられたいか」

なんとか再考をと願う佐藤猪之助を門番が六尺棒で押した。

「二度と来るな」

潜り門から佐藤猪之助が放り出された。

「なぜ」

力なく門前で佐藤猪之助が地面に両手を突いて、嘆いた。

二

五輪の与吉を帰した後、分銅屋仁左衛門は左馬介の控えている部屋へ顔を出した。

「よろしいか」

「どうぞ。見廻《みまわ》りを終えた用心棒なんぞ、することもなく眠気と戦うだけでござるのでな」

左馬介が上座へ分銅屋仁左衛門を誘った。

「では、少しだけ」

分銅屋仁左衛門が応じた。

「与吉の用は、あれでございましたか」

左馬介が尋ねた。

「はい。どうやら、佐藤の馬鹿がまた動いたようで……」

書店を脅して目付の屋敷がどこにあるかを調べあげたと、先ほど与吉から聞かされた話を、分銅屋仁左衛門が述べた。

「それは迷惑を掛けましたな、書店に」

左馬介が申しわけなさそうな顔をした。

「夕餉《ゆうげ》も摂《と》れずに、御用聞きの相手をさせられたわたくしへの同情はどこに」

「一蓮托生《いちれんたくしょう》なのでござろう。一心同体ならば、気を遣う意味もなし」

冗談ぽく言う分銅屋仁左衛門に、左馬介が返した。

「ほう、なるほど。一心同体。ならば、わたくしも吉原へ行ったことになりますな。どれ、喜代にそう言って、内風呂を用意させねば」

分銅屋仁左衛門が腰をあげかけた。

商家では奉公人を湯屋にやり、家人は内風呂というのが普通であった。もちろん、火事を怖《おそ》れる江戸の町である。内風呂は一人か二人入れば一杯となるていどの小さなものでしかなかった。

「参りましてござる」

喜代でなくとも、同じ店で働く女に、女郎買いがばれるのは気まずい。しかもそれが、妻になってくれるかも知れない喜代となれば、より悪い。

左馬介が降参した。

「旦那さま、夕餉は……」

その直後に喜代が分銅屋仁左衛門の声を頼りに顔を出した。

「おおっ、ここへ持って来てくれ」

分銅屋仁左衛門が手をあげた。

「…………」

思わず左馬介が、喜代から目を逸《そ》らした。

「は……い」

怪訝《けげん》そうに左馬介を見ながら、喜代がうなずいた。

「いや、安心をいたしました」

その様子に分銅屋仁左衛門が左馬介をからかうように見た。

「なにがでござる」

左馬介が首をかしげた。

「諫山さまは、素直なお方だともう一度確認できましたので。悪い人ならば、あそこで喜代相手に動揺などいたしませぬ。すっと笑って応対するか、あるいはついでに握り飯でもねだるか……」

「そこまで厚かましくはござらぬ。つい、先ほど腹一杯に夕飯をいただいたばかりでござるぞ」

笑いながら言う分銅屋仁左衛門に、左馬介が言い返した。

「いやいや」

分銅屋仁左衛門が楽しそうに首を小さく左右に振った。

「さて、目付の芳賀を覚えておいでで」

「………」

すっと笑いを消した分銅屋仁左衛門に、左馬介も真剣な顔で首肯《しゅこう》した。

「それを佐藤が探していた。ここからたぐれる結末は……」

「拙者を目付に売った」

問いかけた分銅屋仁左衛門に左馬介が答えた。

「はい」

分銅屋仁左衛門が正解だと首を縦に振った。

「目付が拙者を捕まえに来るとなれば、江戸を離れたほうがよいの」

左馬介がため息を吐《つ》いた。

「江戸を出られた経験は」

「そういえば、ご両親の実家《さと》にも行かれたことはないと」

「どこかさえ知らぬ」

左馬介が首を横に振った。

「おや、それはまずい」

分銅屋仁左衛門が嘆息《たんそく》した。

「なにか」

「人別《にんべつ》でございますよ」

尋ねた左馬介に分銅屋仁左衛門が告げた。

「人別……気にしたこともござらぬ」

「まあ、普通はそうなんですがね」

あっさりと口にした左馬介に分銅屋仁左衛門が苦笑した。

「あの、お膳《ぜん》を。お味噌汁《みそしる》のあたためるに手間取りまして……」

廊下から喜代が声をかけた。

「ああ、待っていたよ」

「よろしいのでございましょうか。なにやらお話をなされていたようでございますが」

手招きした分銅屋仁左衛門に、喜代が遠慮を見せた。

「お腹《なか》が空《す》いているのでね。すぐにでも食べたいというのが、本音だよ」

分銅屋仁左衛門がもう一度手招きをした。

「では」

膳を喜代が分銅屋仁左衛門の前に置き、一度廊下へ戻って、味噌汁の入った鍋《なべ》とお櫃《ひつ》を持ちこんだ。

「……どうぞ」

お櫃からご飯、鍋から味噌汁をよそった喜代が、分銅屋仁左衛門を促《うなが》した。

「いただきましょう」

手を合わせた分銅屋仁左衛門が夕餉を開始した。

「諫山さま、お茶を」

給仕のために残った喜代が、左馬介に茶を淹《い》れてくれた。

「かたじけない」

礼を述べて左馬介が湯飲みを受け取った。

「食べながらで行儀は悪いですがね……人別がどこにあるかもご存じない」

「申しわけないが」

ふたたび確認した分銅屋仁左衛門に左馬介が頭を垂れた。

「亡くなられたお父上さまはご存じだったでしょうな」

「であろうな。長屋を借りられたのだからの」

分銅屋仁左衛門の言葉に、左馬介も同意した。

「今のところ、問題にはなりませんがね。いずれ所帯を持って、子供ができたとなれば人別を近くでもらえるようにしたほうがよろしいかと」

食べながら分銅屋仁左衛門が助言をした。

武士の場合は、人別は士籍《しせき》でいけた。どこどこの家臣だという証明が士籍であり、士籍がある限り武士と言えた。

だが、主家を退身すれば、士籍はなくなる。ではどうするかといえば、通常、浪人したときに、菩提寺《ぼだいじ》へ頼んで人別を作ってもらう。

人別がなければどこへ移っても、仕事を紹介してくれる口入《くちい》れ屋は相手をしてくれないし、長屋もまともなところは貸してくれない。

もちろん、人別がなくとも生きてはいける。抜け道はいくらでもある。そもそも人別は、幕府が禁制の切支丹《キリシタン》でないことを確認するために作ったようなもので、隠れ切支丹でも見つからない限り、まず検《あらた》められることはなかった。

とはいえ、なければまともな扱いは受けられないが、ごく安い日当しか出さないような人足仕事、他人が嫌がるような汚れ仕事ならば、人別なんぞ気にもしない。長屋でも同じである。屋根に穴が開いていないだけましといったぼろ長屋ならば、家賃欲しさに人別を見ずに貸すところもある。

とはいえ、なくてもよいとは言えないものであった。

「無宿者《むしゆくもの》狩り……」

「まあ、滅多にございませんがね」

幕府はときどき、江戸城下の治安を悪化させる原因でもある無宿者を、町奉行所や火付け盗賊改め方に命じて捕らえさせる。そして、捕らえた無宿者を佐渡島《さどがしま》や石見《いわみ》銀山へ鉱夫として送っていた。

「それに諫山さまに無宿の疑いをかけられる御用聞きは浅草周辺にはいませんし」

「分銅屋どののお力だな」

左馬介が認めた。

「でもまあ、面倒を避けるためにも、一度お国がどこかを探したほうがよいかも知れません」

「父の遺《のこ》したものを調べなおそう」

分銅屋仁左衛門の勧めを左馬介が受けた。

「ご馳走《ちそう》さま」

しゃべりながらも箸《はし》を止めなかった分銅屋仁左衛門が、食事を終えた。

「お粗末さまでございました」

一礼した喜代が後片付けをして出ていった。

「しかし、幕府の目付を頼るとは、佐藤も血迷ったものですな」

「町奉行所から切り捨てられたのだろう。他になかったのではないのか」

あきれた分銅屋仁左衛門に左馬介が首をかしげた。

「目付へ話を持ちこんで、諌山さまを捕縛《ほばく》できたといたしましょう」

「…………」

左馬介が嫌そうな顔をした。

「仮の話ですよ。仮の」

分銅屋仁左衛門が左馬介を宥《なだ》めた。

「さて、その手柄を目付が佐藤に分けてくれますかね」

「分けるのではないか。持ちこんだのは佐藤であろう」

問いかけた分銅屋仁左衛門に左馬介が述べた。

「あり得ませんよ。目付はお旗本でございますよ。それがもとは南町奉行所の同心だったとはいえ、今は浪人の佐藤のおかげで手柄を立てたなんぞと言われては、困りましょう」

目付の矜持《きょうじ》が許すまいと分銅屋仁左衛門が言った。

「訴人《そにん》扱いならば、問題なかろう。たしか、由比正雪のときも訴人があったと聞いた記憶がある」

「あれは謀叛《むほん》という大罪でございました。それにあの訴人は、ときのご老中筆頭松平伊豆守《いずのかみ》さまのご家中《かちゅう》の方だったはず」

「えっ」

左馬介が驚いた。

「さすがは知恵伊豆と呼ばれたお方。家臣に繋がる方を由比正雪のもとへ弟子入りさせ、謀叛の探りを入れさせていた。そうわたくしは聞いておりますよ。もっとも講談師からでございますが」

分銅屋仁左衛門が笑いを浮かべた。

「なるほどの。最初から手の者を入れておいた。それだと褒美《ほうび》も与えやすいか」

左馬介が納得した。

「第一、人殺しの訴人でございましょう。下手人《げしゅにん》である諫山さまは旗本ではない。訴えるのは目付ではなく、町奉行所でございますな」

「たしかに。では、目付は動かぬと」

「動きますまい」

左馬介の確認に、分銅屋仁左衛門がうなずいた。

「では、気にせずとも……」

「いいえ」

安堵しかけた左馬介を、分銅屋仁左衛門が否定した。

「なにがあると」

左馬介が問うた。

「目付に拒まれた佐藤が、どう出るかがわかりませぬ」

「自棄《やけ》になる……」

「ではないかと」

分銅屋仁左衛門が難しい顔をした。

「もっとも、今夜はございますまい。表戸を閉めた店へ一人で躍りこむことはできませんし」

「火を付ける怖れはないか」

江戸でもっとも怖いのは火事であった。火事は、家屋敷、財産を失うだけでなく、命が助かっても、巻きこんだ近隣の憎しみを受けて、長年のつきあいも破綻《はたん》させる。商人にとって、火事ほどまずいものはなかった。

「ないとは申しませんが、店はそうそう燃えませんよ。用心水《ようじんみず》の用意もありますし」

「だが、気をつけねばならぬな」

左馬介は店の安全を守るのが仕事である。

「見廻りの間隔を短くしよう」

「きつくなりますよ」

仮眠をとる時間が短くなることを、分銅屋仁左衛門が懸念《けねん》した。

「そのぶん、昼間寝させてもらう」

左馬介がどうにでもなると応じた。

「ありがとうございます」

分銅屋仁左衛門が礼を口にした。

「仕事じゃ」

左馬介が手を振って、当然のことだと答えた。

「さほどの期間でもないでしょうが。人というのは、怒りのままに馬鹿はできても、冷静になれば火付けをするなど無理になりますよ。佐藤には八丁堀《はっちょうぼり》に残してきた妻と子供がおるそうで」

「父が火付けをしては、息子の町奉行所同心になる道は閉ざされる……」

「はい」

分銅屋仁左衛門が左馬介の意見を認めた。

「では、わたくしはこれで休ませていただきますよ」

「ああ。後は任せてくれ」

話を終えたと立ちあがった分銅屋仁左衛門に、左馬介が首を縦に振った。

三

目付の芳賀は、翌朝、登城するなり、田沼排斥《はいせき》で手を組んでいる同僚の坂田を呼び出した。

「どうした」

目付部屋の二階、過去の書付《かきつけ》を保管してある小部屋に入った坂田が、芳賀に用件を問うた。

「昨夜のことだが……」

「それは、おもしろいの」

芳賀の説明を聞いた坂田が目を輝かせた。

「分銅屋といえば、田沼主殿頭《とのものかみ》と繋がっている両替商であろう」

「主殿頭の金主《きんしゅ》という噂もある。あの外道《げどう》のもとに毎日持ちこまれる賄《まいない》を引き取って売りさばいているらしい」

坂田と芳賀が苦い顔をした。

「分銅屋を処分できれば、主殿頭の金を断ち切れるか」

「さすがに全部は無理だろう。ものではなく、金を挨拶《あいさつ》と称して渡している者もおるからの」

期待をこめた芳賀を坂田が押さえた。

「それでも大きく力を削《そ》げよう」

「ああ」

二人がうなずき合った。

「目付が直接浪人は捕まえられぬ。目付は大名、旗本を取り押さえることはできても、民には手出しできぬ。民は町奉行の管轄じゃ」

「問題はじゃ……」

そろって二人がため息を吐《つ》いた。

目付は役人の規範でもある。その目付が他の役人の権限に手を出すというのは、まずかった。それこそ、町奉行から越権行為だと訴えられ、他の目付が喜んで二人を糾《きゅう》弾《だん》することになる。目付は同役こそ、出世競争の敵なのだ。目付は決して一枚岩にならない。なってはいけなかった。一枚岩になり、何かに抵抗するとなったとき、目付の力は大きすぎる。それを防ぐため、幕府は目付に目付を糾弾する権を与えていた。

「となれば、町奉行へ町方要書を出さねばならぬ」

坂田が目を閉じた。

もともと十名しかいない目付に、江戸城下へ出向いて下手人などを捕縛するだけの戦力はなかった。配下の徒《かち》目付、小人《こびと》目付などもいるが、そのすべてを一人の目付が支配することはできず、そもそも徒目付、小人目付には他の仕事もある。

なにより、配下の徒目付たちは江戸の城下に精通していない。町奉行所がたった六人、南北合わせて十二人の定町廻《じょうまちまわ》り同心だけで、治安をあるていどとはいえ維持できているのは、城下の隅から隅までを知っているからだ。

結果、目付は城下に逃げた旗本の関係者などを捕縛するために、町奉行所の力を借りることになった。

「引き受けるかの」

芳賀が首をかしげた。

「南町奉行の山田肥後守は断ろう。なにせ、田野里を賞賛していたからな」

「となれば、北町奉行か……」

坂田が腕組みをした。

「北町奉行はたしか能勢《のせ》肥後守《ひごのかみ》から依田《よだ》和泉守《いずみのかみ》に替わったの」

「先日、作事《さくじ》奉行から転じてきたはずだ」

確かめるような坂田に芳賀が述べた。

「受けるかの」

「むうう」

坂田と芳賀が顔を見合わせて唸《うな》った。

「町奉行になるほどだ。まちがいなく田野里の一件も知っていよう」

「我らの要請を受ければ、南町奉行を敵に回すことになる」

二人が悩んだ。

「とりあえず、出してみるか。断られたならば、理由を問うという名目で、話ができる」

「坂田、おぬし……」

提案した坂田に、芳賀が息を呑んだ。

「……依田和泉守も巻きこむ気か」

「我ら二人で、なんとか田沼主殿頭を押さえこみたかったが、難しい。ならば、味方を増やすしかあるまい。なんといっても依田和泉守もかつては目付であったのだ。我らが苦衷《くちゆう》をわかってもらいやすいだろう」

芳賀の戸惑いに、坂田が言った。

「田沼の悪意を話すのか……」

芳賀が戸惑った。

「決断するときだと思うぞ。今の田沼の様子を見てこい。今朝、登城の途中にちらと見てきたが、すでに大行列ができておる。ご老中さま方の屋敷など比べものにならぬほどのがな。このままでは幕府は金に侵される」

坂田が危機感を露《あら》わにした。

「もう一日、余裕をくれ」

新たな仲間を入れる。それも町奉行という高官である。うまくいけばその影響は大きい。少なくとも商人である分銅屋仁左衛門、浪人にすぎない左馬介への手出しがしやすくなる。

しかし、相手が仲間になるのを拒んだときは、最悪の事態に繋がりかねなかった。こちらの内情が筒抜けになるどころか、命運を断たれる可能性も出てくる。

芳賀がためらったのも当然であった。

「当然のことだ。ただ、あまり余裕はないぞ。分銅屋の浪人が江戸から去ってしまえば、町奉行を巻きこむ意味は少なくなる」

坂田が釘《くぎ》を刺した。

非違《ひい》監察という役目柄、居場所やなにをしているかをあきらかにできない目付は城内巡回当番、月番、宿直番《とのいばん》でないかぎり、いつ登城して、いつ下城してもいい。

芳賀は登城をしたばかりだったが坂田に勧められるままに、呉服橋《ごふくばし》御門内の田沼屋敷を見るために大手門を一度出た。

わざわざ大手門の外に出なくとも、内廓《うちぐるわ》を通っても行けるが黒麻裃《あさがみしも》という一目で目付とわかる者が、あまり人通りのない内廓を通ると目立つ。さらに、目的が田沼意次の上屋敷とばれやすい。

ならば、多少の遠回りは覚悟して、外堀を大回りにし、登城してくる大名や役人を見張るような振りをしつつ、呉服橋御門から城中へ戻る形にすれば、田沼意次の屋敷を見るためだとはわかりにくい。

「お供を」

大手門の百人番所で控えていた小人目付の要求を芳賀は受け入れた。小人目付は目付の外出に従うものとされている。ここで断って、なにか極秘のことでもあるのかと、周囲から勘ぐられるのを芳賀は避けたのである。

「付いて参れ」

二人の小人目付を供にして、芳賀が外堀を進んだ。

「おわっ」

「これはっ」

役目に遅れそうだと急ぎ足で来る役人たちが、芳賀の黒麻裃に気づいて驚き、

「…………」

行列を組んだ大名行列が、あからさまに道を譲ったとわからないていどに横へ避け

る。

「うむ」

目付という役目にあればこそだとわかってはいるが、その権威を吾《わ》が身に纏《まと》うというのは誇らしい。

芳賀が行き交う者たちの反応に満足げな顔をした。

「先触《さきぶ》れをいたしまするか」

小人目付の一人が芳賀に問うた。

「お目付衆、巡回でござる」

先触れとは城中での巡回でおこなわれるもので、目付が近づいてきているというのを報《しら》せ、皆の態度を引き締めた。

目付の権威を広めると同時に、気をつけて咎め立てられぬように準備しろという警告の意味もあった。

「無用じゃ」

小人目付の問いかけに、芳賀が首を左右に振った。さすがに江戸城の外で目付という旗を振り回すのは、目立ちすぎた。田沼意次がその噂を耳にしたとき、芳賀の行動の裏を見抜くのはまちがいない。なにせ、一度九代将軍家重に目付直訴《じきそ》という形で、田沼意次を罷免《ひめん》してもらおうとして失敗している。

つまり、芳賀と坂田は田沼意次と敵対していると公言してしまったのだ。

「呉服橋御門まででよい。そなたたちは門を通るな」

「はっ」

小人目付など小者《こもの》に毛が生えたていどの軽い身分である。目付の指示に口答えなどはいっさいしない、いや、させなかった。

「ここでいい」

呉服橋御門が見えたところで、芳賀は小人目付を帰した。

「…………」

小人目付と別れた芳賀は、呉服橋御門を潜った。

呉服橋御門は南町奉行所があるためか、町人の行き来もある。

「町奉行所ではないのか」

だが、すぐに芳賀は気づいた。町人のほとんどが町奉行所を横目に見て、さらに奥へと進んでいっている。

「……なんだあれは」

思わず芳賀は足を止めてしまった。

芳賀の目の先には、信じられないほどの行列ができていた。

「田沼家に御用の方は、このまままっすぐお進みあれ」

「ここは田沼さまのお屋敷ではございませぬ。表門の前で立ち止まるのはおやめいただきたい」

隣家の藩士らしいのが、屋敷の表に立ち、道案内までしている。

「なんなのだ、これは」

芳賀は呆然《ぼうぜん》となった。

「……この行列ですと、本日は田沼さまはお出《い》でになられる」

「でございましょう。ご当番の日は、用人《ようにん》の井上《いのうえ》さまがお相手くださるとはいえ、やはり田沼さまに直接お目通りを願えるわけではございませぬので」

立ちすくんでいる芳賀の前をあらたな町人たちが、話しながら通り過ぎていった。

「……馬鹿な」

まだ芳賀は目の前の風景を認められなかった。

「直臣《じきしん》になってまだ二代にしかならぬ譜代《ふだい》とも言いがたい田沼に、これだけの人が集まるなど……」

芳賀も田沼意次のもとに金を持って、多くの人が訪れて来ているとの噂は耳にしていた。

これは別に田沼意次だけでなく、五代将軍の寵愛《ちょうあい》を受けた柳沢美濃守吉保《やなぎさわみののかみよしやす》、六代将軍の信頼が篤《あつ》かった間部越前守詮房《まなべえちぜんのかみあきふさ》、八代将軍の幼なじみともいうべき加納遠江守《かのうとおとうみのかみ》久通《ひさみち》も同様であった。

「ならぬ。ならぬぞ、これはならぬ」

芳賀が顔色を変えた。

「陪臣《ばいしん》あがりごときが、上様よりも力を持つなど許せぬ」

頭に血がのぼった芳賀が、大きな間違いを犯した。田沼意次がどれほど権力を誇ろうとも、それは将軍の後ろ盾があってこそなのだ。

たとえすべての大名をひれ伏させたといえども、田沼意次は将軍にはなれなかった。将軍になるのは、源氏《げんじ》の出であり、そして朝廷から任じられなければならない。これはどれだけ金を積もうとも、決してこえられない壁であった。

「…………」

蒼白《そうはく》な顔色を怒気で真っ赤にして、芳賀は田沼意次の屋敷に背を向けた。

「まずは、あれをどうにかして、田沼へ集まる人気を消さねばならぬ」

芳賀は急ぎ足で目付部屋へと帰館した。

「見てきたようだの……おいっ」

「来いっ」

目付部屋に入り、坂田を見つけるなり芳賀は坂田の手を握って、二階へと連れ出した。

「無茶をするな。口で言え。口で」

坂田がようやく放された手をさすりながら、芳賀へ苦情を申し立てた。

「あれを許してはなるまいぞ」

詫《わ》びもすっ飛ばして、芳賀がいきなり用件を切り出した。

「はっきり言え。あれではわからぬ。とりあえず、落ち着け」

坂田が芳賀を窘《たしな》めた。

「落ち着いているわ」

「そう言う者ほど舞いあがっているのだ」

言い返した芳賀に、坂田があきれた。

「息を吸え。吐け」

坂田が芳賀を落ち着かせた。

「……恥じ入る」

落ち着いた芳賀が、俯《うつむ》いた。

「いや、吾《われ》も同じようなものだった。さすがに朝早かったのでな、行列も十数人というところであったので、なんとかなったが……今はどれくらいだ」

「数えてはおらぬが、五十では利くまい」

「そこまで……」

今度は坂田が絶句した。

「あれをやめさせようぞ。人が集まるのは力になる。このままでは田沼を押さえこむことができなくなる」

芳賀が提案した。

「……我らがあきらめたと、田沼を油断させたかったところではあるが、やむを得ぬ」

坂田も同意した。

「徒目付も連れていかねばなるまい」

「二人では、数を抑えられぬ」

うなずきあった二人が立ちあがった。

四

まさに茫然自失《ぼうぜんじしつ》という状態で、佐藤猪之助は歩いていた。

昨夜、芳賀にあしらわれた佐藤猪之助は、最後にすがった藁《わら》が手のなかで折れた感覚に、失望して一夜の間、江戸の町をさまよった。

「……終わった」

日が昇ったことで吾を取り戻した佐藤猪之助が、あたりを見回した。

「ここはどこだ……あれは小塚原《こづかっぱら》……千住《せんじゅ》ではないか」

佐藤猪之助が目を剝《む》いた。

町奉行所の同心をしていたころ、小塚原の刑場に出張《でば》らされたことがあった。主に見習いや同心になりたての者が選ばれ、死罪の現場を見せられるのだ。

こうして人の生き死にと凶悪犯の末路を教え、同心としてやっていくことの難しさ、悲惨さを学ばせるのである。

「戻ろう」

佐藤猪之助が、踵《きびす》を返した。

「……望みは潰《つい》えた」

町奉行所の役人のなかで、たった六人しかいない定町廻りは、花形であった。とくに大川《おおかわ》から南側を担当するのが慣例の南町奉行所としては、異例の浅草付近を任地として与えられるのは、それだけ実力があると頼りにされていた証《あかし》であった。

その己《おのれ》が、今や明日の米もない尾羽《おは》うち枯らした浪人になっている。

「浅草芸者の芳野《よしの》も思うがままにできた。紙入れはいつも小判で重かった。どこの店に行っても、下へも置かぬもてなしを受けた」

絶頂期の姿というのは、忘れられない。

「だが、そのすべてを失った」

今ではどこへ顔を出しても、塩が飛んでくる。

「……なぜこうなった。吾はまちがっていないぞ」

佐藤猪之助が怒りを再燃させた。

「ことの始まりは、五輪の与吉が侍の死体を見つけてきたことだ。縄張り内で死人が出た。それもどうやら首の骨を折られて殺されたらしい。そうなれば、定町廻り同心として、下手人を探そうとするのは当然であろう」

腕利きの定町廻りだった佐藤猪之助は、死んでいた侍の傷から、固いもので首を叩かれたのが致命傷になったと見抜き、そういった武芸を嗜《たしな》んでいた者を探索した。

「浪人らしい男の後を死んだ侍が付けていた」

そんなとき、現場付近で商売をしていた夜鷹《よたか》女郎が、聞きこみに引っかかった。

「変わった武器を使う浪人を知らないか」

夜鷹から得られた情報をもとに、近隣の武芸道場を巡ったところ、左馬介が浮かびあがってきた。

「鉄扇《てっせん》を使う浪人がいる」

ただちに佐藤猪之助は分銅屋を訪れ、左馬介に尋ねた。しかし、左馬介はそれを否定、ただの浪人ならば無理矢理大番屋へ連れていき尋問できるが、江戸でも指折りの豪商分銅屋の用心棒ともなるとそうはいかなかった。

分銅屋仁左衛門の影響力は、町奉行所にも及ぶ。本人が自白するか、よほどごまかしの利かない証拠でもなければ、無理はできなかった。

「あいつに違いねえ」

長年定町廻り同心として働いてきた勘から、左馬介を下手人と見極めた佐藤猪之助は、その後もしつこく狙い続けた。

だが、結末は意外なところでついてしまった。

「上意討ちであった」

死んでいた侍の主君旗本田野里が、そう届け出たのだ。

「馬鹿な。上意討ちならば、刀か槍《やり》で討つはずだ。撲殺など聞いたこともないわ」

佐藤猪之助は、納得いかなかった。

「裏になにかある」

「いい加減にしていただきたいもので」

佐藤猪之助の執念に分銅屋仁左衛門が切れ、とうとう南町奉行所へ苦情を入れた。

「おとなしくしていろ」

分銅屋仁左衛門が町奉行所へ入れてくれる合力金は大きい。しかも死人の責任を取った旗本が出たのだ。上役から左馬介をあきらめろと指示されるのも当然であった。

それでも形を変えて佐藤猪之助は、左馬介を追い続け、ついに南町奉行の怒りを買い、同心の籍を剝奪《はくだつ》された。

「町奉行所の役人として、決して流されちゃいけねえ」

佐藤猪之助は、大義名分を持っていた。金や権力で罪を隠すのは、許されない。そう考えて戦い続けてきたはずだった。

「……腹が空いた」

その義も空腹の前には保《も》たなかった。

「なぜ、こんな思いをしなければならないのだ」

歩きながら佐藤猪之助は、恨み言を漏らした。

「……………」

同心を辞めさせられたころは、つきあいの長さに免じて無料で食事をさせてくれたところもあった。

「こっちも商売なんでございますよ」

それも数回だった。もうただ飯を喰《く》わせてくれるところはない。

「太刀を売って、命を少し長らえるか」

町奉行所の同心だったころに差していた太刀は、無銘ながらかなりの業物《わざもの》であった。

それは佐藤家が代々受け継いできたものなので、家を出る己ではなく残る息子が持つべきだとして置いてきた。

今腰にある太刀は、なまくらとまでは言わないが、さほどのものではない。

「十両にもなるまいな」

脇差《わきざし》が三両にしかならなかった。

「その金で、米を買い、それがなくなるまでに人足仕事でも探すか」

佐藤猪之助が現実を見つめ始めた。

「とりあえず、戻ろう」

蔵前《くらまえ》の小汚い長屋が、佐藤猪之助の塒《ねぐら》であった。


分銅屋仁左衛門は田沼意次が非番の日は、かならず顔を出すことにしていた。忙しければ、代わりに用人の井上と話をするだけになるが、それでも田沼家に集まった分《ぶ》金《きん》や朱金《しゅきん》を預かって、小判に替える仕事はできる。

「お願いしますよ」

「ああ」

仮眠が満足にとれなかった左馬介に分銅屋仁左衛門が声をかけた。

「田沼さまのお屋敷から戻ったら、お帰りになって結構ですからね」

「悪いな。身体《からだ》が慣れるまでは疲れが抜けにくくての」

いたわってくれる分銅屋仁左衛門に、左馬介が頭をさげた。

浅草から呉服橋御門まではそこそこある。ゆっくり歩けば一刻（約二時間）はかかった。

「四つ（午前十時ごろ）の鐘ですか」

呉服橋御門でちょうど刻《とき》の鐘の音が聞こえてきた。

刻の鐘は日本橋本石町《ほんこくちょう》に設けられている。もちろん、他にも刻の鐘は浅草や、市谷《いちがや》などにもあった。ただ、本石町の刻の鐘は、江戸城にあったものを移築したもので、格式が高く、幕府によって運営されていた。

「……今日は、また一段とすさまじい」

呉服橋御門を潜った分銅屋仁左衛門が、田沼家の行列を見つめた。

「冗談であろう」

左馬介が唖然とした。

「ここまで効果が出るとは……」

分銅屋仁左衛門がため息を吐《つ》いた。

「金で望みが買えるとわかれば、人は寄りますね。やはり金は力」

「否定はせぬが、これでよいのか。金で幕府の役目も買えるというのだろう。無能が金で役目に就けば、まともな政《まつりごと》はできない」

喜ぶ分銅屋仁左衛門に、左馬介が懸念《けねん》を表した。

「今のお役人がまともだと」

「………………」

返された左馬介が黙った。

「お役人というのは、下がしっかりしていればいいのですよ。実務を担当する方が優秀であれば、上は飾りでも務まりまする。いえ、かえって飾りのほうがよろしい」

「なまじ手出しをされたら面倒か」

分銅屋仁左衛門の意見に左馬介が苦笑した。

「で」

いつの間にか田沼家の正面まで来ていた。

「いつものように」

「承知した」

分銅屋仁左衛門だけが、屋敷のなかへ入り、表門を少し離れたところで、左馬介は待機する。

「分銅屋仁左衛門でございまする」

来客を整理している藩士の前で分銅屋仁左衛門が名乗った。

「おおっ。入れ」

藩士が促した。

「ありがとうございまする」

一礼して分銅屋仁左衛門が表門を通った。

「分銅屋と申したが、あの者は」

並んでいた武家が藩士に問うた。

「当家出入りの商人でござる」

「お出入りだと。ならば、いたしかたございませぬの」

並んでいた武家が藩士の答えに引いた。

その遣《や》り取りを聞き終わったところで、左馬介は表門を離れた。もし、あの武家が行列の待ち時間に耐えかねて、分銅屋仁左衛門になにかをするならば、止めに入らなければならない。田沼家の藩士がいるのでそちらに任せるというのは、用心棒として失格であった。

なんのために分銅屋仁左衛門は高い金を払って、左馬介を雇い続けてくれているのか。それは万一のときに守ってもらうためである。

田沼家の屋敷のように左馬介が同道できないときはいたしかたないが、今のように見えているところでは、他人任せにしてはいけなかった。

「半刻（約一時間）ほどか」

いつもそれくらいで分銅屋仁左衛門は出てくる。左馬介はかかわりがあると思われないよう行列とは反対側に立った。

「……ん、なんだ」

しかし、すぐに左馬介は緩《ゆる》んだ気を引き締めた。行列の後ろのほうから騒ぎが聞こえてきた。

「目付である。鎮《しず》まれ、鎮まれ」

芳賀と坂田が徒《かち》目付と小人目付を引き連れて、行列に近づいた。

「城中で、なにごとであるか」

坂田が並んでいる武士に問いかけた。

「お側《そば》御用取次《ごようとりつぎ》の田沼主殿頭さまにお目通りを願うため、待っておりまする」

武士が答えた。

「目通りを願うにしても、多過ぎるではないか。これでは、通行だけでなく、近隣の邪魔になる」

「…………」

芳賀が辺りに聞こえるよう、大声を出した。

並んでいる者が目を逸らした。

「解散いたせ」

坂田が命じた。

「それは困ります る」

一人の恰幅《かっぷく》のよい商人が、坂田に向かって声をあげた。

「なにが困るのだ」

「本日は、田沼さまがお屋敷におられる数少ない日でございまする」

家重から信頼を受けている田沼意次は、通常のお側御用取次のように、二勤一休ではなかった。これは寵臣《ちょうしん》の宿命でもあるが、主君の側に長時間詰めていなければならない。

それこそ田沼意次の非番は、十日に一度あるかどうかであり、直接話をできる貴重な機会であった。

「きさま、何者か」

「わたくしは、六本木《ろっぽんぎ》で菓子を商っております松浦屋《まつうらや》と申す者でございまする。失礼ながら、お目付さまのお名前をお伺いいたしても」

「商人ごときに名乗れぬわ」

坂田が松浦屋の求めを一蹴《いっしゅう》した。

「さようでございますか」

小さく笑った松浦屋が坂田から目を離した。

「並ぶなと申したぞ」

坂田が松浦屋を叱《しか》りつけた。

「お目付さまとは、商人をお相手になさるのでございましたか」

「なにをっ。金を扱うような卑《いや》しい商人を目付は相手にせぬ」

首をかしげる松浦屋に、坂田が言い返した。

「では、わたくしがここに並んでいても、お咎めにはなれませぬな」

「……きさま」

正論に坂田が詰まった。

「旗本、大名家の者は解散じゃ」

芳賀が割って入って命じた。

「お待ちあれ」

今度は松浦屋ではなく、初老の武士が手を上げた。

「何者か」

「近江《おうみ》膳所《ぜぜ》藩の留守居役をいたしておりまする榊原《さかきばら》と申す者。お名前をお伺いいたしても」

「不要である」

初老の武士の名乗りに続く要求を、芳賀も却下した。

「はてさて、それで貴殿をお目付さまだと思うのは……」

「この黒麻裃《あさがみしも》が見えぬのか」

城中で黒麻裃を身につけられるのは、目付だけであった。

「さようでございましたな。これはご無礼をいたしましてございまする」

深々と榊原と名乗った初老の武士が頭をさげた。

「うむ。わかったならば解散せよ」

「一つお伺いしても」

「なんじゃ」

榊原の求めに、芳賀が応じた。

「行列はならぬとの仰せでございますな」

「そうじゃ」

念を押した榊原に、芳賀が首を縦に振った。

「では、ご老中さま方のお屋敷にも、同様のご通告はなされておられますや」

「……それは」

榊原の質問に芳賀が口ごもった。

「どうやら、なされておられぬようでございますな。では、お側御用取次の田沼主殿頭さまにだけ、禁じられるとなると、いささか恣意《しい》を……」

「黙れ」

芳賀が榊原を制した。

「お目見え願いが悪いとは申しておらぬ。ただ、行列が長すぎて迷惑ゆえ、禁じると申しておる」

「なるほど。さようでございました。では、どのくらいの長さなれば、問題ないとお考えでしょうや」

とってつけたような芳賀の返答に、榊原が質問を重ねた。

「迷惑にならぬていどの長さであれば、よい」

「そのようなあやふやなものでは、困りますな」

聞いていた松浦屋が口を出した。

「商人は黙っておれ」

芳賀がもう一度怒鳴りつけた。

「きっちりとしていただかねば、わたくしは愚かな商人でございますので。またぞろ並んでしまいましょう。何人までとお決めいただければ……」

「……」

そのようなもの、一目付の権限で決められるものではなかった。

「松浦屋と申したかの」

「さようでございまする」

榊原が松浦屋に話しかけた。

「どうかの、田沼さまのお屋敷の塀をこえたところまでとし、それ以降の者は呉服橋御門を出たところで並ぶことにいたそうではないか。そして、一人お目通りをすませるごとに、外で並んでいる者のところまで報せに来てもらい、そのときの先頭がお屋敷へ向かう。どうであろうの」

「それはようございまする」

松浦屋が榊原の提案に手を打った。

「悪いが松浦屋、儂《わし》が田沼さまのご家中に経緯を話して参るゆえ、順番を押さえていてくれまいか」

「よろしゅうございますとも」

言い出しっぺなので、田沼家へ相談しに行ってくると告げた榊原に、松浦屋が承知した。

「では、御免」

立ち去ろうとした榊原を、芳賀が止めた。

「待て」

「そなた、名はなんと申した」

勝手に話を進めた榊原を、芳賀が憎々しげな目で見つめた。

「三州《さんしゅう》吉田藩留守居役榊原でござる」

「先ほどと違うではないか」

さらりと答えた榊原に芳賀が唖然とした。

「名乗りさえされぬお方に、真《まこと》を告げるようでは、留守居役は務まりませぬでな」

そう言うと、榊原は悠然と歩いていった。

「きさまっ。捕まえろ、あやつを」

怒った芳賀が、控えている小人目付に指図した。

「御三家さま、大奥出入りをいたしております。わたくしは」

松浦屋が冷たい声を出した。

「お話をさせていただくことになりましょうなあ」

「……ううむ」

御三家であろうが、大奥であろうが名目上は非違監察できるが、じっさいにそれをすることはできなかった。どちらも将軍家に近い。

「目付のなんとやらが……」

直接将軍にそう苦情を申し立てられれば、対応がかならずなされた。少し前ならば、御三家でも目付には遠慮したが、本家の血筋が絶え、紀州《きしゅう》家から将軍を迎え入れたことで、御三家の地位が上昇、将軍家に近い権力を持つにいたってしまった。

大奥はもともと将軍の血筋を預かっている。世子《せいし》や姫をいわば人質にしているため、将軍でも逆らいにくい。そもそも千人からの女がいるところに、男は将軍一人では、勝負にならない。

目付といえども、御三家と大奥には遠慮しなければ、やっていけなかった。

「もうよい。迷惑をかけるなよ」

芳賀が小人目付を呼び返し、坂田に合図をして、背を向けた。

「今までなかったことでございますな。これは、目付が田沼さまに目を付けたと取るべきですか」

松浦屋が独りごちた。

第三章　捨てる者

一

長屋へ戻った佐藤猪之助を、五輪の与吉が待っていた。

「与吉……手伝って……」

「おい、浪人」

手助けをしてくれる気になったかと喜びかけた佐藤猪之助に、与吉が氷のような声で応じた。

「ろ、浪人……」

今までの旦那呼びでなくなったことに、佐藤猪之助が驚いた。

「この長屋を出ていけ。たった今、大家に身許《みもと》引き受けをやめると告げてきた」

「……えっ」

与吉の宣言を佐藤猪之助は、理解できなかった。

「もう、かかわりあうのはごめんだ。二度と浅草に近づくんじゃねえ。てめえのおかげで、金をくれてさえいねえ木下屋から叱《しか》られたわ。何度、おいらの顔を潰《つぶ》せばすむ」

「言っただろう、分銅屋の用心棒が、下手人《げしゅにん》であることを自白したと」

「自白だと……ふざけるな。御上《おかみ》の役人でもねえ、おめえになにを言おうが、証《あかし》にはならねえ。浪人の与太話《よたばなし》で終わるわ」

いつまでも町奉行所の同心だったことにこだわるんじゃないと、与吉が現実を突きつけた。

「てめえ、あれだけ世話してやったろう」

「最近じゃ、こっちの持ち出しだ。おめえの尻拭《しりぬぐ》いをしているのが、誰だと思ってやがる」

「うっ……」

かつての恩を押し出そうとした佐藤猪之助だったが、与吉の反論を受けて詰まった。

「わかったか。迷惑なんだよ。これ以上、浅草に入るんじゃねえ。でないと、どんな目に遭《あ》っても知らねえぞ」

「どんな目……」

佐藤猪之助がその意味を悟った。

「浪人の野垂れ死になんぞ、珍しくもねえからな、浅草では」

与吉が告げた。

さすがに刃傷沙汰《にんじょうざた》はそうそうないが、仕事にあぶれた浪人や病になった浪人などが、凍死したり、飢え死にしたりは、年に何度かあった。

「どこへ行けば……」

出ていけというのが、与吉の気遣いだと佐藤猪之助は気づいたが、あてがなかった。

「知るか」

言い捨てると、与吉が去っていった。

どこへ行けと勧めて、そこで佐藤猪之助が今のようなまねをしたら、その不始末の尻は与吉のもとへ来る。

「……うん」

ふと佐藤猪之助は、与吉の立っていたところに小袋が落ちているのに気づいた。

「これは……すまねえ」

　小袋を拾いあげて、なかをあらためた佐藤猪之助が頭をさげた。小袋のなかには一《いち》分《ぶ》金《きん》と銭が少々入っていた。

「合わせて、二千文たらずか」

　佐藤猪之助が掌《てのひら》で金の重さを量った。

「節約すれば、一カ月は生きていられるな」

　煮売り屋で飯と汁だけの食事をすれば、一回で二十四文ほどですむ。一日二回なら、四十文、多めに見積もっても五十文もあれば、なんとかなる。

「……だが、一カ月だ」

　佐藤猪之助がため息を吐《つ》いた。

「一カ月の間に、新しい塒《ねぐら》を探し、仕事をする。無理だな」

　小さく佐藤猪之助が首を左右に振った。

　浪人になったばかりの者が陥《おちい》る無力感に佐藤猪之助も陥っていた。

　世間の浪人は、一分などという金を余力として持ってなどいない。金がなければ、寺院の床下で雨露を凌《しの》ぎ、一日人足仕事に汗を流して三百文ほどの日当を手にし、飯を喰《く》う。

もちろん、病に倒れたり、怪我《けが》をしたりしたら、そこまでであるし、仕事に三日あぶれれば飢える。

それでも浪人は生きることをあきらめない。

さすがに仕官できるというような夢は見ていないが、毎日真面目《まじめ》に働けば、人足をまとめる親方の気に入りとなり、仕事を優先して回してもらえたり、日当があがる。うまくいけば、親方が身許引き受け人になってくれ、長屋を借りることもできる。さらに贅沢《ぜいたく》をせず、金を貯《た》めれば、月に一度くらいは女を抱いたり、酒を呑《の》んだりできるようになる。

食べていくことの大事さを身に染みている浪人だからこそ、自棄《やけ》にならない。自棄になって腰の刀にものを言わせるようになるのは、浪人したてで、矜持《きょうじ》を捨てられない者がほとんどであった。

「これが最後の金だな」

小袋を懐《ふところ》に仕舞った佐藤猪之助は、吉原へと足を向けた。

田沼意次のもとへ通された分銅屋仁左衛門が、感心した。

「すさまじいまでのご威勢でございまする」

「目通り待ちか」

分銅屋仁左衛門の言葉に、田沼意次が苦笑した。

「少しやり過ぎたようじゃ。少し、抑えなければならぬの」

田沼意次が難しい顔をした。

「お困りでございますか」

「ああ。こんな落とし穴があるとは思わなかったわ。いや、気づかなかったことを恥じねばならぬ」

尋ねた分銅屋仁左衛門に田沼意次が首を小さく左右に振った。

「お伺いいたしても」

「聞いてくれるか」

促《うなが》した分銅屋仁左衛門に田沼意次が喜んだ。

「同じ役職を望む者が多く重なっての」

「なるほど」

田沼意次の苦情を分銅屋仁左衛門は理解した。

幕府には百をこえる役職がある。医師や鷹匠《たかじょう》など、特殊な技能がなければならない者を除けば、そのほとんどは筋目でなれるなれないが決まっていた。

勘定方《かんじようかた》になれるのは役方《やくかた》、大番組に入れるのは番方《ばんかた》というふうに、本人の能力などかかわらないところで、大枠が決まってしまう。

算盤《そろばん》ができるからといって番方の者が勘定衆になることはなく、剣術が得意でも役方の息子が番士として勤務することはまずない。

養子縁組とか、婿《むこ》入りなどという手立てもないわけではないが、基本は決まっている。

当然、役方でも番方でも、余得の多い役目というのは決まっている。筋目でそれ以外に就けないならば、少しでもいいところにと思うのは当然である。

「是非とも小姓番《こしようばん》に」

「なにとぞ、小納戸《こなんど》に」

番方と役方の希望が集まるのは、将軍の側近《そば》くに仕える役目になる。直接将軍の目に留まるだけに、出世もしやすい。

今、寵臣《ちようしん》とされている大岡出雲守《おおおかいずものかみ》は小姓、田沼意次は小納戸の出である。かつての柳沢美濃守も小納戸から、望外の出世をしている。

現在、無役の者が、小姓、小納戸を望むのは当然といえば当然であった。

「長崎奉行にご推挙願いたい」

対して、役目にはすでに就いている千石そこその旗本は、長崎奉行を求める。遠《おん》国《ごく》奉行は本来役方の筋目になるが、諸外国の侵略を想定している長崎奉行は、万一のとき、長崎周辺の諸大名を統率する。となれば軍事にも精通していなければならず、番方の就任もままある。

そして、交易を一手に握る長崎奉行の余得は、群を抜いて大きい。千両貯めるのに一年かからないと噂《うわさ》されるほどに儲《もう》かるのだ。

「定員四名の長崎奉行になりたいと、二十人以上が求めておる。金を集め始めてまだ間もないというのにだぞ。この分では、年内に百人をこえよう」

田沼意次があきれた。

「無視はできませぬか」

「できぬな。しっかりとした理由がなければ、余に頼んでも意味はないとなる。そうなれば、武家に金は大事だと思わせる策が駄目になる」

ため息を吐いた分銅屋仁左衛門に、田沼意次がうなずいた。

そもそも田沼意次が、目通りを願う者たちから、金を受け取るようになったのは、米に固執し、金を汚いものとして忌避《きひ》したがる武家の気風を変えるためであった。

「悩ましいわ」

「いかがでございましょう。今後要望の多いお役目を求めて来られた方には、内情をお報《しら》せしては」

「なりたい者が多いと言うのか」

田沼意次が怪訝《けげん》な顔をした。

「欲しいものが多いのに、商品が少ないとなれば、どのようにいたしますか。わたくしども両替商ではあまりこういったことにはなりませぬが、普通の商家ではままあることでございまする」

「そういったときは、どうするのだ」

多少は世情に通じているとはいえ、田沼意次も自ら買いものをすることなどない。

「通常は、早い者勝ちでございまする」

「当然と言えば当然か」

分銅屋仁左衛門の言葉に、田沼意次がうなずいた。

「ただし、これは売値が決まっている場合の話でございまして、そうではない場合は、入《い》れ札《ふだ》、つまりは、高値を付けた者に渡りまする」

「ふむうう」

田沼意次が唸《うな》った。

「この場合、早い者勝ちが許されぬな」

「長崎奉行さまは、すでにおられます。その方を罷免《ひめん》してまではいささか」

「無理を通せば、道理が引っこむという言い回しもあるが……」

田沼意次が腕を組んだ。

「さすがに傷のない者を罷免するわけにはいかぬ」

「では、入れ札になされば」

悩む田沼意次に、分銅屋仁左衛門が繰り返した。

「入れ札のう……」

分銅屋仁左衛門の勧めに、田沼意次が目を閉じた。

「高い値を付けた者に役目をか……さすがに御上も許されまい」

田沼意次が首を横に振った。

それこそ役目の売り買いになる。幕府の権威もなにもあったものではなくなるだけに、やれば田沼意次の責任問題になりかねなかった。

「やはり無理でございますか」

「ああ」

確認する分銅屋仁左衛門に、田沼意次が認めた。

「となりますと……放置しかございませぬな」

「放置だと」

「はい。長崎奉行になりたいとご挨拶《あいさつ》に参られたお方が、どのようなお家柄かは存じませぬが、まさか、田沼さまに金を渡したが、なれなかったと口外なさるほど、迂闊《うかつ》ではございますまい」

「ふうむう」

田沼意次が唸った。

「だが、それでは不満が出るぞ」

「その不満より、成果を出されていれば問題ないかと」

分銅屋仁左衛門が告げた。

「不満をなくすことはできませぬ。それこそ、すべての希望を叶《かな》えなければ、一人でも失敗すれば、不満は出ましょう。ですが、その不満より多くの好評を得ておけば、多少のことは、目を瞑《つむ》る。それが世間でございまする」

「よき評判を得ておくか。だが、先ほども申したように、余得の多い役目ばかり求めてくるのだぞ。そのすべてを無視して、それ以上の高評価は難しい」

分銅屋仁左衛門の理屈を、田沼意次が否定した。

「不満を出させなければよいのでございますれば、先延ばしにいたされてはいかがでございましょう。長崎奉行は空きがなければ難しいので、それまでこれで辛抱《しんぼう》してくれと、他の役目をお与えになれば」

「矛先《ほこさき》をずらすか」

「はい。空き待ちであれば、拒否にはなりませぬ。そして、それまでの辛抱にこれをと言われた役目を拒まれたならば、田沼さまのお気遣いを無にしたとして、今後のおつきあいはなさらねばよろしいかと」

「ふむ。そして新しい役目に就いて、それなりの成績を上げねば、これでは長崎奉行に推挙するのはいささかと、本人の努力が足りないと逃げられるの」

「新しいお役目で立派なお働きをお見せになられれば、そこで初めてお引きあげの話をなされば……」

「さすがは分銅屋じゃ」

田沼意次が感心した。

「老婆心《ろうばしん》ながら、もう一つ。今後、人気のお役目を求めてお見えの方には、あらかじめ釘《くぎ》を刺して置かれますよう」

分銅屋仁左衛門が忠告をした。

「心しておこう」

田沼意次が首を縦に振った。

「お話し中、申しわけございませぬ」

不意に襖《ふすま》ごしながら用人の井上が割りこんできた。

「騒がしい、なにごとぞ」

いかに相手が商人とはいえ、無礼な行動になる。田沼意次が井上を叱った。

「お叱りは後ほど、今、お屋敷前にお目付が……」

井上が田沼意次に事情を語った。

「目付……あの者でございましょうな」

「心当たりがあるのか、分銅屋」

田沼意次が問うた。

「申しわけないことでございますが……」

分銅屋仁左衛門が左馬介と佐藤猪之助の遣《や》り取りを含めた、目付芳賀とのかかわりを述べた。

「そういうことか。あの目付が、いまだ余を狙っておるとはな」

田沼意次が目付の意図を読んだ。

「いかがいたしましょう」

「放っておけ、なにもできぬわ」

対応の指示をと要求した井上に、田沼意次が手を振った。

「はっ」

井上があっさりと引いた。

「…………」

「不思議かの。目付を相手にするなと言われた用人が、文句もなく従ったことが」

「ぶしつけながら、はい」

分銅屋仁左衛門が首を縦に振った。

「松浦屋を存じておろう」

「存じております る」

「あやつが、当家に手の者を仕官させおっての」

六百石の小納戸から五千石のお側御用取次《そばごようとりつぎ》にまで出世した田沼家の、人不足が大きな問題であった。いろいろ伝手《つて》を頼ったところで数は揃《そろ》えられても、使いものになる者は少ない。有能ならば他家に譲るはずもなく、己《おのれ》のところで活躍させるのが当然、紹介するような者は、二流か、せいぜい一流半になる。

それでは困ると、田沼家は浪人でも算勘《さんかん》に通じた者、弁舌に優れた者を仕官させていた。そこに松浦屋の息のかかった者が入りこんでいた。

「そやつを先日放逐《ほうちく》したのだ」

「さようでございましたか。田沼さまの厳しいなさりように、ご家中《かちゅう》の方々が怖《おそ》れをなした」

「このていどで、怖れるようでは困るのだがな。一々説明をせずともすむゆえ、そのままにしておる」

感嘆する分銅屋仁左衛門に、田沼意次が苦笑した。

「お待たせをいたしましてございまする」

ふたたび井上が顔を出し、目見えを求める者たちから差し出された物品を並べた。

「相変わらず、お見事なものばかりでございますな」

分銅屋仁左衛門が目を大きくした。

「お預かりいたしてよろしゅうございますか」

著名な作家の書画などは、目利きでなければ真贋《しんがん》の判定ができない。

「うむ」

分銅屋仁左衛門の求めを田沼意次が許した。

二

目付の芳賀と松浦屋との騒ぎを、左馬介は遠目に見ていた。

「……目付たちが帰っていくようだ。松浦屋とあの老齢の侍とは目付を下がらせるほどの力があるというのか」

左馬介は驚いた。

「あの侍は何者だ。こちらへ来るようだが……」

榊原が田沼屋敷へ歩み寄って来るのを左馬介は見つめていた。

「何用でござるか」

目付が来たことで緊張した田沼の家臣が、榊原を警戒した。

「拙者《せっしゃ》、本日お目通りを願っておりまする榊原と申す者。お目付の衆より、行列が長いゆえ解散いたせとのお指図を受け……」

さりげなく近づいた左馬介の耳に、榊原の話が聞こえてきた。

「それはお手数をおかけいたしましてございまする」

聞き終えた田沼の家臣が礼を述べた。

「いやいや、解散せよと言われても、困りますでの」

榊原が手を振って、礼を言われるほどではないと応じた。

「あらためまして、拙者田沼家にて応接係をいたしておりまする須垣大輔《すがきたすけ》と申します
る。ご尊名を伺ってもよろしいか」

田沼の家臣がていねいに問うた。

「これはごていねいに。拙者、播州龍野《ばんしゅうたつの》藩脇坂《わきさか》家留守居役榊原兵部《ひょうぶ》でござる」

榊原も名乗った。

「お名前たしかに承《うけたまわ》りましてございまする。本日のご尽力主主殿頭《あるじとのものかみ》に伝えさせてい
ただきまする」

「おおっ、これはありがたし」

これだけの数の目通りがあると、名前どころか用件さえも覚えてもらうのは難しい。

それを榊原は得たのである。喜ぶのは当然であった。

「では、よしなに」

そう言って、榊原がもとの位置へと戻っていった。

「……あれが留守居役というものか。やるの」

左馬介が感心と得心《とくしん》をした。

「うまく名前が田沼さまに聞こえた。目付が来たのは予想外であったろうが、それをしっかり利用している」

榊原の背中を左馬介はじっと見つめていた。

「諫山ではないか」

「……っ」

不意に声をかけられた左馬介が、驚いた。

「誰だ」

先日、同じように声をかけられ、危うく悪事に誘われかけたのだ。左馬介が警戒するのも当然であった。

「やはり、諫山か」

左馬介の反応を見た高橋外記が首を上下させた。

「どなたかの。覚えがござらぬが」

身分のありそうな武士に、左馬介が戸惑った。

「知らずとて当然である。そなたの父御《ちちご》どのと知り合いなだけでの、そなたに会うのは初めてである」

高橋外記が答えた。

「それにしても、若いころの父御とうり二つじゃ。いや、それで思わず呼びかけてしまったのだ」

「父と……」

左馬介が怪訝な顔をした。

「なにも言っておらなんだか、父御は」

「聞いておりませぬ」

確認するような高橋外記に左馬介が首を横に振った。

「そうか。よほど腹立たしかったのだろうな」

一人で高橋外記が納得した。

「ああ、まだ名前を申しておらなんだの。会津藩で留守居役をいたしておる高橋外記じゃ」

「浪人諫山左馬介でござる」

名乗られたら返さないのは無礼になる。

「左馬介と言われるか。よき名じゃの。父御の左伝《さでん》から取られたのか」

「さあ」

親しげな高橋外記に、左馬介は曖昧《あいまい》に応じた。

「そういえば、左伝はどうした」

いかにもつきあいが深かったと高橋外記が、左馬介の父を呼び捨てにした。

「父は、とうに亡くなりましてございまする」

「……それは、残念である」

左馬介の返答に、高橋外記が俯《うつむ》いた。

「今日は御用の途中じゃ。いろいろと話したいこともある。左伝へ線香もあげたい。どこに住んでおるのかの」

高橋外記が左馬介の居所を問うた。

「浅草の長屋でござる。ちとご説明は難しく」

「そうか。残念じゃ。では、また会おうぞ」

正確な場所を口にしなかった左馬介に、高橋外記はしつこく言わずに、去っていった。

「……気にしすぎか」

そのあっさりとした態度に、左馬介は思い過ごしかと緊張を解いた。

「おっと……仕事じゃ」

田沼家の表門から、分銅屋仁左衛門が出てくるのを見た左馬介が駆け寄った。

「持とう」

分銅屋仁左衛門が両手で抱えている風呂敷《ふろしき》包みに左馬介が手を伸ばした。

「いえいえ。用心棒が両手を塞《ふさ》いでどうなさいますか」

「よいのか」

首を左右に振った分銅屋仁左衛門に左馬介が問うた。

「懐に入るくらいのものならば、お願いしますがね。形から見ておわかりのように、掛け軸なんでございますよ。持っていただいて、いざというときに投げ捨てられては大変なことになりまする」

「そんなに容易《たやす》く潰れるものなのか」

「木に紙を巻き付けただけでございますからね、掛け軸なんてものは。扱い次第では、簡単に破けます」

「それはいかぬ」

あわてて左馬介が手を引いた。

「ちなみに、このなかには本物であれば、日本橋越後屋《えちごや》の隣に店を出せるだけの価値を持つものがございますよ」

「触らぬ。決して触らぬ」

左馬介が目を剝《む》いた。

「そうしていただきましょう。さて、騒動があったようでございますが、委細をご覧になられましたかの」

呉服橋御門を出るまで待った分銅屋仁左衛門が訊《き》いた。

「最初から見ていたわけではないが、なにせ、あの日付のようであったからの」

「けっこうでございますよ。少しでもご覧になられていたのなら」

左馬介が最初は離れていたと告げたのを、分銅屋仁左衛門が許容した。

「幸いなことにな、当事者らしい播州龍野藩脇坂家の留守居役榊原某《なにがし》といわれる御仁が、門前で行列の差配をしていた田沼さまのご家中に……」

聞いたことを左馬介が述べた。

「……ほう」

分銅屋仁左衛門が小さく感心の声を出した。

「さすがは留守居役さまでございますな」

「いや、見事な交渉だと思ったわ」

左馬介も同意した。

「ところで、諫山さまはお気づきではございませんでしたか。松浦屋が並んでおりましたぞ」

「掛け軸に気を取られていて、気づかなかった」

分銅屋仁左衛門に言われた左馬介が驚いた。

「わたくしに気づいていたようでしたが、前に並んでいた初老のお侍さまと話していたからか、声をかけてきませんでした」

「初老の……背の高い茶の羽織を身につけていたか」

「そうですね」

分銅屋仁左衛門が首肯《しゅこう》した。

「確実とは言わぬが、たぶん、その侍が榊原某どのだと思う」

「ふうむ」

左馬介の言葉に分銅屋仁左衛門が思案に入った。

「まあ、いいでしょう。どちらも御縁があれば、また会うこともございましょうし」

分銅屋仁左衛門がそこで話を終わらせた。

「ところで、諫山さま、他になにかございましたな」

すっと分銅屋仁左衛門の目が細くなった。

「まったく、畏《おそ》れ入る」

左馬介が降参だと両手を上げた。

「わたくしの目というより、諫山さまの顔色がわかりやすいだけですよ」

分銅屋仁左衛門が笑った。

「そんなにか」

それでいつも村垣伊勢にからかわれているのかと、左馬介は落胆した。

「用心棒としては、そのほうがよろしいかと思いますよ。表情と肚《はら》のなかが違うお人なんぞ、安心して雇えませんから」

「たしかにそうだな」

首を縦に振った左馬介が、高橋外記のことを話した。

「会津でございますか。それはまた名門」

「名門過ぎて、信じられぬ」

二人が顔を見合わせた。

「ですが、諫山さまは、うさんくさいと感じた」

住所を教えなかったことで、分銅屋仁左衛門は推測した。

「ああ。住所《ところ》を訊く前に、どうして浪人が田沼さまの門前で立っているのかを、気にするはずだと思ったのだ」

「よくお考えになりました」

左馬介の読みを分銅屋仁左衛門が賞賛した。

「どうすべきかの」

「……そうでございますねえ」

分銅屋仁左衛門が歩きながら考えこんだ。

「諫山さまが、仕官なさりたいというのならば、その会津のお方と交流なさるのがよろしいでしょう。さすがに会津藩は無理でも、小大名でよければ推挙くらいしてくださいましょう」

「仕官……とんでもないわ」

左馬介が拒んだ。

「もと浪人なんぞ、禄《ろく》をもらえても少なかろう。さらに今どきのお大名方は、どこも手元不如意《ふにょい》で、禄の半知《はんち》借り上げが当たり前だ。仕官したはいいが、毎日内職をせねばまともに飯も喰えぬではの。今のほうがどれだけましか」

「ですな」

分銅屋仁左衛門も同意した。

「さて、お腹《なか》が空《す》きました。急いで戻りましょう」

「おう」

足を速めた分銅屋仁左衛門に左馬介が同意した。

三

目付としての権威を信じ切っていた芳賀と坂田は、疲れて座っていた。

「なにやら、田沼主殿頭の屋敷前であったそうだの」

当番目付がおもしろそうに言った。

「…………」

芳賀と坂田は当番目付を無視した。

「名乗らなかったそうじゃが、目付の命だとして、目見え行列を解散させようとしたらしい」

「それは愚かな」

部屋に残っていた目付が食いついた。

「それだけでも恥だがの。どうやら商人に言い負かされて、逃げ出したらしい」

「なんと、目付とは思えぬ失態」

当番目付と目付が顔を見合わせて笑った。

「…………」

坂田が無言で立ちあがった。

「おや、どうかしたかの」

当番目付が声をかけた。

「仕事でござる」

「そうか。気張れや」

告げた坂田を当番目付が笑いを含んだ声で激励した。

「……拙者も出なければならぬ」

少しだけ機をずらして、芳賀も腰をあげた。

「お役目か、ご苦労なことだ」

当番目付が皮肉げな口調でねぎらった。

一カ月の間、目付としての勤務を外される代わりに、毎日朝から夕刻まで目付部屋に詰め、老中をはじめとする諸役との連絡を担当するのが、当番目付である。持ち回りでもあり、当番目付だからといって、他の目付に指図をすることはできない。しかし、動けないだけに他の目付を見張れる。

「なにをしておるのか」

目付は目付も監察する。相互監視の間にあるため、他の目付がなにを調べているかを訊くことは許されていなかった。

もちろん、誰がなにを調べているかを探ることはできる。そして、その手柄を横取りすることも認められていた。

要はやった者勝ち、やられた者負けなのである。

欠員が出たら、上司の引きや推薦ではなく、残っている目付同士による推薦と入れ札で新たな同僚を決めるという、排他的な役目の実状は、相手を信用しない疑心暗鬼、油断大敵なものであった。

「…………」

当番目付の張りつくような目を無視して、芳賀も目付部屋を出た。

「ここだ」

目付部屋から少し離れた畳廊下で坂田が待っていた。

「…………」

「よろしくないの」

黙って側に来た芳賀に、坂田が苦い顔をした。

「明らかに目を付けられている」

芳賀も頬をゆがめた。

「田沼主殿頭に与《くみ》しているとは思わぬが……」

老中でも非違《ひい》監察の対象とする目付だけに、ときの権力者へ媚《こ》びることはないが、足を引っ張るのは、普通にやってくる。

当番目付が坂田と芳賀の行動に不審を抱いているのは、まちがいない。

「どうする。しばらく、期間を置くか」

「ほとぼりが冷めるのを待つと」

芳賀の提案を坂田が確認した。

「それが最良の手立てではあるが……」

坂田が一度言葉を切った。

「……その間に、どれだけ田沼が強くなるか」

「ああ」

危惧《きぐ》する坂田に、芳賀が同意を示した。

「乾坤一擲《けんこんいってき》に出るか」

「死なばもろともで、田沼と相討ちになる……」

二人が顔を見合わせた。

「それでよいのか。我らはよい。武士というものの有り様を守ったのだからな。満足して死ねよう。だが、功をあげて芳賀の家を興《おこ》した先祖、いずれ芳賀の名前を継いでよき旗本たろうとしている息子、それを考えなければ、旗本の当主としては失格であろう」

「家の存続か」

坂田も眉間《みけん》にしわを寄せた。

武士にとって、何より大事なのは家であった。家さえあれば、禄をもらえ、なにもしなくとも代々生きていける。忠誠も、己の家を守るためのものであり、主君個人に捧《ささ》げるというより、主家《しゅか》へ向けている。

家を失えば、それはもう武士ではなかった。

「どうだろう、しばらくの間、表だっての動きを止めてみては」

芳賀が口にした。

「表だっての動きとは、どういう意味だ」

曖昧すぎると坂田が、詳細を求めた。

「田沼のことはあきらめたと見せて、他の任に励む」

「あきらめたと見せるか……その裏で密《ひそ》かに続けるのだな」

芳賀の説明に坂田がうなずいた。

「ただ、問題がある」

「あるな」

二人がそろってため息を吐《つ》いた。

「小人《こびと》目付と徒《かち》目付が信用できなくなった」

坂田が険《けわ》しい目つきになった。

「田沼屋敷の前であったことを、当番目付が知るには早すぎる」

芳賀も眉《まゆ》をしかめた。

徒目付、小人目付は目付の配下である。目付の指揮下で役目に就くことが多く、どのような指示を受けたかを含め、調べたことのすべては口外してはならない。

それが、今回、当番目付に漏れていた。

「たしかに口外禁止の指図は出さなかった。とはいえ、どの目付がどこでなにをしていたかを報告するなど……」

坂田が憤《いきどお》っていた。

「違うと拙者は考えている」

芳賀が首を横に振った。

「なにが違うのだ」

「先ほどは、手の空いている徒目付、小人目付を適当に連れて出た」

怪訝な顔をした坂田に、芳賀が思い出すように続けた。

「名前も訊かなかった」

「……たしかに」

坂田が肯定した。

「最初から、あのなかに当番目付の指示を受けた者が入っていたのではないか。吾《われ》とおぬしを探れと」

「それはっ」

芳賀の推測に、坂田が絶句した。

「我らに目を付けたか、高木《たかぎ》め」

坂田が当番目付を罵《ののし》った。

当番だからといって、一カ月遊んでいるようでは、目付など務まらなかった。目付部屋から動けないならば、動けないなりのやりかたがある。

当番目付の高木が、芳賀と坂田を怪しんで見張りを付けたのだ。

「周りが見えてなかった」

芳賀が肩を落とした。

「だな。田沼憎しに固まっていた」

坂田も首肯した。

「いたしかたなし。しばらくは大人しくしておくか」

「だの。少なくとも高木が当番の間は、なにもせぬしかないの」

二人がうなずきあった。

「町奉行所への要書もいかぬな。詳細は頼んだ我らにしか明かされぬが、町奉行所から結果が出たとの連絡は、当番目付へ行く」

事務処理はすべて当番目付のもとに集約された。

「今月一杯……あと十日ほどだが、痛いな」

芳賀がつぶやいた。

吉原は客と遊女を夫婦に見立てる。初会《しょかい》、裏を返す二回目、そして盃事《さかずきごと》を交わす三回目をすませば、客は馴染《なじ》みと呼ばれ、敵娼《あいかた》遊女が定められる。これは遊女が年季明けになるか、身請《みう》けされるまで続く。客からこの関係を解消することはできるが、詫《わ》び金と称する費用が要《い》り、そうそうできるものではなかった。

「おや、佐藤さまでは」

吉原の大門を潜《くぐ》った佐藤猪之助に、四郎兵衛《しろべえ》番所《ばんしょ》から声がかかった。

四郎兵衛番所は、吉原の出入りを監視するところで、逃げ出そうとする遊女や、凶状持ちが吉原へ入りこまないように見張っていた。

「三浦屋《みうらや》の吉次《きちじ》か」

佐藤猪之助がまずいと顔を隠そうとした。

「ご無沙汰しておりやす。お噂は耳にいたしておりまする」

吉次と呼ばれた吉原の男衆、通称忘八《ぼうはち》が佐藤猪之助の前に立ちはだかった。

「…………」

「町奉行所をお辞めになったそうで」

吉次が佐藤猪之助をじっと見た。

「…………」

「今はどうなさっておいでで」

「浪人よ」

「…………」

答えた佐藤猪之助に、今度は吉次が黙った。

浪人はまず喰うところから入る。その次が住まい、女はそれ以降になる。ましてや、吉原はそのあたりの岡場所に比べて高い。吉原一度で岡場所は二度、夜鷹《よたか》や船饅頭《ふなまんじゅう》といった露天でするだけの遊女ならば、あきるほどできる。

それをわざわざ吉原まで来た。

裕福だったころに貢いだ遊女にすがって、金を無心する。この世をはかなんで、せめてもの道連れにと遊女を巻きこもうとしている。一緒に江戸を捨ててどこかに逃げようと誘いに来た。

金を失った馴染み客ほど、吉原にとって鬼門《きもん》はなかった。

「葉月《はづき》さんでしたか。佐藤さまの敵娼《あいかた》」

「ああ、元気にしているか」

「おかげさまで」

吉次がわかりきっていることを訊いて、時間を稼いだ。

「おいっ」

番所の忘八が、葉月のもとへと走っていった。

「お約束は」

「していねえな。今まで、一度もしたことなんぞねえが」

吉次の質問に佐藤猪之助が開き直った。

吉原は苦界《くがい》として、世間から切り離されている。町奉行所の支配も、大門内までは及ばない。

しかし、吉原も独立しているわけではない。酔っ払いが暴れたていどならば、吉原の内々で処理できる。だが、それをこえた刀を持ったままでの取り籠《こ》もり、刃傷沙汰《にんじょうざた》などは、さすがに対応できない。

こんなときのために、吉原もまた合力金を町奉行所へ出していた。

馴染みの遊女も合力金の一種のようなものであり、町奉行所の役人が気に入った女は、できるだけ身体《からだ》を空けさせておく。もちろん、それでは金にならないので、そのあたりはうまく転がしてはいるが、基本、町奉行所の役人は、いつ来ても吉原の遊女を抱くことができた。

とはいえ、吉原は神君家康公がお認めになった公認遊郭で、それだけの格式を持っている。さすがにただで遊ばせるわけにはいかないので、かなり安いとはいえ、揚げ代は取っていた。

だが、浪人となった今、佐藤猪之助に、吉原が便宜を図ることはなくなった。

揚げ代は通常の金額になるし、馴染みの遊女も空けて待ってはいない。

それを佐藤猪之助は、わかっている。

わかっていながら、やって来たところに、吉次は引っかかっていた。

「空いちゃいねえのか、葉月は」

「番所でそこまではわかりやせんが、空いていなければお帰りに」

「そのときは、他の遊女を買う」

問うた吉次に、佐藤猪之助が帰らないと告げた。

「佐藤さま、そいつは御法度《ごはっと》でございますよ。ご存じでございましょう」

吉次が表情を変えた。

夫婦に見立てて、ただの閨《ねや》ごとに心を絡《から》ませる。こうすることで遊女と客の間を縮め、足繁《しげ》く通わせようと考えた吉原にとって、浮気は認められないものであった。

「葉月が埋まっているんじゃ、しょうがあるめえ。女を抱きに来たのに、そのままなにもしないで帰れなんぞ、吉原の名折れだろう」

佐藤猪之助が口の端《はし》を吊《つ》り上げた。

「となりやすと、詫び金をいただくことになりますが……」

吉次が佐藤猪之助を見つめた。

「そんな金があるように見えるか。安心しな。三浦屋へ行きはしない。葉月を呼ぶこともな。とりあえず、女を抱ければいい」

「…………」

述べる佐藤猪之助に、吉次が黙った。

一旗揚げようと考えて江戸に集まる者は多い。そのほとんどが男になる。そして、大名の参勤交代で勤番侍《きんばんざむらい》もやってくる。

江戸は極端な女日照りであった。あぶれた男たちは、欲望を遊女で発散するしかなく、吉原へ足を向ける。

幕府が許している遊郭は吉原しかないが、儲かるとわかれば参入してくる者が出るのも必須である。それが非公認の遊郭、岡場所であった。もちろん、非公認のため、いつ町奉行所の手入れがあるかわからないが、そのぶん、吉原よりも安く、しきたりもない。

さすがに同じ遊女屋の遊女を梯子《はしご》するのは、許されないが、一人にくられることもなく、その日気に入った相手と楽しめる。

そうなれば、わざわざ高い料金を支払って、やれ初会だ、裏を返せ、床入りは三度目まで禁止だなどとうるさく言う吉原まで行く理由がなくなる。

また、町奉行所の役人も岡場所から金をもらえば、手入れを甘くする。

当たり前のことだが、吉原は寂れる。

客が来なければ、どれだけ美姫《びき》を抱えていても意味がない。

かといってしきたりをなくせば、その辺の岡場所と吉原の差がなくなってしまう。

そこで吉原は、しきたりに例外を設けた。

「ちょんの間《ま》は、馴染みにあらず」

線香が燃え尽きるまでの間をいくらとする、もっとも安い遊女は、どの客でも断らないとしたのだ。

そのちょんの間を買いに来たと佐藤猪之助は、言った。

「……わかりやした。お足を止めましてすいやせん」

吉次が佐藤猪之助に詫びて、道を空けた。

「じゃあな」

佐藤猪之助が大門から延びる仲町通りを進んでいった。

「吉次の兄い」

ずっと佐藤猪之助の背中を目で追っていた吉次に、番所の忘八が声をかけた。

「どうかなさったんで」

「ありゃあ、いけねえ」

吉次が顔をゆがめた。

「あれは覚悟を決めた目だ。後先考えないまねをする気か」

「……それはっ」

忘八が息を呑んだ。

「二人ほど行け。あのやろうが、どこの見世《みせ》に揚がったか、騒ぎがおこらないかを見張れ」

「へい。行くぞ」

番所から忘八が駆け出していった。

「町奉行所の同心というのは、己が一番偉いと思ってやがる。吉原の忘八なんぞ、人どころか虫けらのような目で見ている。その忘八に金がないなどと恥を晒《さら》すなんて……たとえ同心を辞めたにしても、一月《ひとつき》や二月で、性根が変わるわけはねえ」

吉次が不安げに身を震わせた。

「まさか、大門内で馬鹿なまねはしでかさねえだろうが……」

大門内は苦界で、町奉行所の手は及ばない。つまり、佐藤猪之助をどのようにしようとも、世間からの非難はない。たとえ、殺してしまっても、素裸に剝いて粗筵《あらむしろ》で包み、投げ込み寺の大穴へ放りこんでしまえば、それまでである。

「外でしでかすぶんには、なにをしようが構わねえけど」

吉次が口の端を吊り上げた。

四

松浦屋が田沼意次に目通りできたのは、昼過ぎになってからであった。

「待たせた」

「お忙しいところ、お目通りを許され、かたじけのう存じまする」

詫びを言った田沼意次に、松浦屋が謝意を示した。

「先ほどは、手助けをしてくれたようじゃの」

「いえいえ、わたくしは榊原さまのお手伝いをいたしたまででございまする」

松浦屋が謙遜《けんそん》した。

「いや、助かったのはたしかである。礼を言う」

「とんでもないことを」

軽くだが頭をさげた田沼意次に、松浦屋があわてた。

「ほう、そなたでも驚くことはあるのだな」

田沼意次が面白そうに頬を緩《ゆる》めた。

「当たり前でございまする」

松浦屋が抗議した。

「さて、そなたの話だが、またぞろ平戸《ひらど》での南蛮《なんばん》交易なのだろう」

「なにとぞ、お考えをいただきたく」

確かめた田沼意次に、松浦屋が手を突いて願った。

「少し調べてみた」

田沼意次が、左脇に置いていた書付《かきつけ》を松浦屋へと投げて寄こした。

「拝見いたしましても……」

「かまわぬ」

念のために尋ねた松浦屋へ、田沼意次がうなずいた。

「拝見仕《つかまつ》りまする」

一度書付へ頭をさげて、松浦屋が目を落とした。

「……これは、主殿頭さま、真《まこと》でございましょうか」

松浦屋が目を剝いていた。

「長崎奉行に問い合わせた」

「……長崎まで、どうやって」

先日話をしてから、まだ十日も経《た》っていない。松浦屋が驚くのも当然であった。

「長崎奉行は一年交代で江戸と長崎に詰める。つまり、江戸にも長崎奉行はおる」

「江戸の長崎奉行……」

松浦屋が啞然《あぜん》とした。

「ずっと長崎に行かせたままだと、碌《ろく》なことをせぬからだろうな。それこそ、長崎奉行が抜け荷をしかねぬ」

抜け荷とは幕府に無届けで、南蛮や清《しん》、琉球《りゅうきゅう》と交易をすることを言う。鎖国という幕府の決まりを破るだけに、見つかれば切腹ではなく、斬首《ざんしゅ》されるほどの重罪であった。

「さすがに幕府の目も長崎までは届かぬ」

「たしかに、長崎は遠くございますれば」

田沼意次の嘆きに、松浦屋が同意した。

「行ったことがあるのか」

「もう、十五年ほど前に、一度だけ異国の船を見たいと思いまして」

田沼意次の質問に、松浦屋が答えた。

「どうであった」

「……さようでございますなあ。繁華でいえば江戸、大坂に劣りますが、独特の情緒がございました」

「商人どもは」

「出島《でじま》に出入りしている者は、皆裕福でございました」

「ふむ」

「ですが、ここまでの金が動くとは……」

「これが一年で……」

もう一度松浦屋が書付を見た。

「幕府への運上《うんじょう》だけだ。しかも。それでいて十万両ぞ。長崎の交易すべてでどれだけの金が動いているのやら、そら恐ろしいわ」

田沼意次がため息を吐《つ》いた。

「ここまでとは存じませんでしたが、いかがでございましょう。平戸を開いていただければ、これと同じだけの金額が、御上に入りまする」

松浦屋が身を乗り出した。

「じつはの、これを見るまでは、交易を長崎の出島だけに任せるのは、いかがなものかと考えてはいた。どうしても一つしかないとなれば、いろいろな弊害が出てくるであろう」

「はい」

田沼意次の言葉に松浦屋が首肯した。

「だがの、これはいかぬ」

はっきりと田沼意次が首を左右に振った。

「なにが……」

「金が商家に流れすぎておる」

おずおずと訊いた松浦屋に田沼意次が告げた。

「乱世の堺《さかい》に、長崎がなっては困るのだ」

田沼意次が言った。

堺は、織田信長による支配を受けるまで、自ら治める町であった。周囲を堀に囲まれ、出入りには跳ね橋を利用するしかない堺は、金の力で雇った兵を抱え、戦国乱世を生き延びてきた。

もちろん、そういった武備もあるが、堺が独立した状態でいられたのは、南蛮との交易を一手に握っていたからであった。

南蛮の国で作られた最新の鉄炮《てつぽう》や大筒《おおづつ》、そしてそれらの玉と火薬、他では入らない武器が、堺を通じれば買える。

もし、堺がどこかの大名の支配を受ければ、その大名にだけ新兵器が流れ、戦場を圧倒することになる。

そうならないよう、戦国大名は堺を庇護《ひご》した。誰かが手出しをしようとしたら、普段いがみ合っている大名たちが手を組んで、愚かなまねをする者を駆逐する。

だが、それも信長の台頭で潰《つい》えた。信長は、それらの大名を圧するだけの力をもって、堺を支配した。

結果、織田に交易の利を吸いあげられた堺は衰退した。

「長崎が独立すると……」

「出島と平戸は近すぎる。その両方が金を持ち、南蛮の新兵器を購入して、幕府に逆らったらどうなる。天草《あまくさ》の乱の再来じゃ」

松浦屋の願いを田沼意次は拒否すると断言した。

「………」

金の値打ちを知る田沼意次ならば、交易の魅力を理解してくれるだろうと考えていた松浦屋が肩を落とした。

「松浦屋、長崎は遠すぎる。なにが起こっているかの確認に手間がかかりすぎる」

「……田沼さま」

さっと松浦屋が顔をあげた。

「交易をするとあれば、御上が直接、目の届くところですべきである」

「おおおお」

田沼意次の話に、松浦屋が歓喜の声をあげた。

「だが、江戸では許されぬ。赤い血を呑み、獣肉をむさぼる南蛮人を、上様のお城下に入れるわけには参らぬ」

「では、どちらに」

「江戸から一日、二日で行ける範囲で、さほどの村人などもおらぬところだな」

松浦屋の問いに田沼意次が述べた。

「いつ、御上の許しが出るかわからぬ。余がお願いしたところで、上様はお認めくださるまい。現状ではな」

「交易が儲かると申しても」

「よりまずいわ。武士は金を嫌うものぞ。それが金のために紅毛《こうもう》異人を引き入れたなど言われてみよ、余の命なぞ、明日にはなくなっておるわ」

田沼意次が嘆息《たんそく》した。

「いつになるか、ならぬかもわからぬ。それでもやるか」

「お願いをいたしまする」

松浦屋が深く腰を折った。

「よし、では、場所をまず探せ。あと、金のことは分銅屋に申せ。余からも話をしておく」

「畏れ入りまする」

田沼意次の指図を松浦屋は平伏したままで聞いた。

昼餉《ひるげ》を分銅屋ですませた左馬介は、長屋に戻るなり、寝転がった。

「歳《とし》かの。一夜の無理が祟《たた》る」

ため息を吐きながら、目を閉じた左馬介はすぐに眠りに誘われた。

「ごめんなさいよ」

長屋の戸障子が不意に引き開けられ、そこから村垣伊勢が現れた。

「……な、なんだ」

いつも勝手に天井からやってくる村垣伊勢が、湯上がりの櫛巻《くしま》き髪に浴衣《ゆかた》姿で入ってきた。左馬介が驚きで飛び跳ねた。

「幽霊に出会ったような顔をしないでくださいな」

芸者の口調で、村垣伊勢が窘《たしな》めた。

「む、いや、か、加壽美どのではないか。どうなされた」

一瞬、本名を口にしかけて、左馬介は大あわてでごまかした。

「寄っちゃいけませんでしたかねえ」

「そ、そんなことはござらぬが……」

睨《にら》まれた左馬介が首を大きく横に振った。

「なら、よかった」

吊り上げていた眉を、村垣伊勢が降ろした。

「………」

「表は開けておきやすよ」

村垣伊勢が長屋の戸障子を開け放った。

「あ、ああ」

若い女と二人きりで長屋に籠もる。それも江戸に鳴り響いている名妓《めいぎ》とそのようなまねをしたら、たちまち長屋の女房たちの噂の中心になってしまう。そして、噂はたちまち、町内に拡《ひろ》がり、やがては江戸中に蔓延《まんえん》する。

「あの柳橋一の芸者、加壽美が、浪人といい仲らしい」

読売《よみうり》が出てもおかしくない。

もちろん、そうなれば左馬介の安寧《あんねい》は失われる。

「刀で脅したのではないか」

「隣の長屋だということを利用して、無理矢理襲ったらしい」

宴席に呼ぶだけで、小判が飛ぶ売れっ子芸者が、金のない浪人に身を任せるはずなどない。きっとよからぬことをしたに違いない。こういった悪意のあるものが左馬介にぶつけられる。幸い、雇い主の分銅屋仁左衛門は、左馬介の人柄をよく知っているので、これで仕事を辞めさせられることはないが、歩いているだけで悪口を言われたり、じゃまをされたりすることになる。

「いくら出せば、加壽美を譲ってくれるか」

次に江戸で知れた豪商や大大名の留守居、役人が金を積んで、村垣伊勢を売り渡せと迫ってくる。

「拙者と加壽美どのの間はなんでもござらぬ」

こう言いわけしても、聞く耳は持ってくれない。

「金額を引きあげるつもりか」

交渉だと思っている連中はまだよかった。

「身の程を知れ。きさまごときが加壽美の男など、認められるか」

なかには力尽くでという輩《やから》が出てくる。

「天井からじゃなく、ちゃんと表から入ってこいというから、そうしてやったのだ。満足だろう」

近づいてきた村垣伊勢が外から見えないようにして、嗤《わら》った。

「それはいいが、もうちょっと目立たないように……」

「旦那、いい男が昼日中《ひるひなか》から独り寝なんて、恥でござんすよ」

左馬介の抗議を無視して、村垣伊勢が話しかけてきた。

「……わかっているだろうが。夜中、起きていなければならぬのだ」

これはなにを言っても無駄だなと左馬介はあきらめた。

「今まで、そこまで早くはなかったじゃござんせんか」

あくまでも芸者の加壽美として、村垣伊勢が訊いた。

「面倒があっての」

「……面倒」

加壽美が小首をかしげた。

「うっ……」

わざとやっている。とわかっていても美形がするとさまになる。思わず左馬介が生《なま》唾《つば》を呑んだ。

「……………」

外から見えない位置で、村垣伊勢がしてやったりと、口をゆがめた。

「……狙われているのだ」

「またでござんすか」

あきれながら答えた左馬介に、村垣伊勢が驚いた。

「佐藤を覚えておるか、もと南町奉行所の同心であった」

「ああ、あの嫌らしい男。なんどもあたしに、声をかけてきやしたよ。たんびに肘鉄《ひじでつ》砲《ぽう》喰らわせてやりましたけど」

村垣伊勢が述べた。

町人に対して絶大な権限を持つ町奉行所の同心でも、大店《おおだな》の主、売れっ子の芸者に無茶はできなかった。どちらもどこでどう繋《つな》がりを持っているかわからないのだ。商家の主は老中や町奉行と親しく話ができ、芸妓《げいぎ》は得意先に力のある者がいる。

「……事情を話せ」

小声で村垣伊勢が要求した。

「逆恨みだ」

すでに興味を持った近隣の長屋女房たちが、さりげなくどころか、どうどうと開けてある戸障子から覗《のぞ》いている。

短く左馬介が答えた。

「あたしに言えないことを」

不満だったのか、村垣伊勢がよりすがりつくような振りをした。

「わかっていてするな。これは与吉という御用聞きから報《しら》せがあって……」

内容を左馬介は語らざるを得なかった。

聞き耳を立てている長屋女房たちに聞こえないよう、村垣伊勢の耳元で囁《ささや》いたからか、睦言《むつごと》と勘違いした長屋女房たちが、顔を見合わせて真っ赤になっている。

「馬鹿だな、そいつ」

体勢とはまったく逆の冷たい声で村垣伊勢が嘲笑《ちようしよう》した。

「迷惑千万なんだがな、分銅屋どのによると目付は浪人に手出しをしないらしいので、そこは安心している」

「それで眠れないのか。目付につれなくされた佐藤が、頭にきて夜中に暴れこんでくるのではないかと」

「そういうことだ。あやつは町奉行所同心だったときに、分銅屋を何度も訪れている。店の構造はよく知っているだろうしの」

「……ふん」

説明し終わった左馬介に、村垣伊勢が鼻を鳴らした。

「知りませんよ、この唐変木《とうへんぼく》」

用はすんだのか、村垣伊勢が怒った風を装いながら、左馬介の胸を突き、そのまま足音も荒く、長屋を出ていった。

「見世物じゃありませんよっ」

集まっていた長屋女房たちにも悪態を吐《つ》くのを忘れない。

「化けるもんだな……戸は閉めて欲しかったが」

感心した左馬介がため息を吐いた。

吉原で暴れたところで、取り押さえられるのがとどのつまりである。馴染み客を相手に商いをしている三浦屋、西田屋といった名門ではない見世にも忘八《ぼうはち》と呼ばれる男たちはいる。この忘八が強いのだ。

吉原に逃げこめば、町奉行所は手出ししない。その代わり、死ぬまで吉原にくらされる。

人殺し、強盗、夜逃げと、世間から追われる者たちにとって、吉原は最後の砦《とりで》なのだ。その砦を守るために忘八は、どのような無茶でもした。

遊女を傷つけるような客に、忘八はとくに厳しい。相手が誰であろうが、容赦はしない。それが大名の留守居役であろうが、大店の主であろうが、世俗の権力なんぞ気にせず、痛めつける。

「吉原から、裸で放り出されたそうだ」

どれほど力のある者でも、吉原での恥かきは嘲《あざけ》られた。武士でも旦那衆でも、世間からの非難と哀《あわ》れみと、嘲弄《ちょうろう》を受ける。武士ならば切腹、商人ならば隠居して病気療養との名目で江戸から去るしかない。

吉原の忘八に逆らうことが、どれほどまずいかを客たちはわかっている。また、もと凶状持ちも忘八のなかにはいる。腕っ節のたつもと浪人も多い。

刀を抜いて暴れたところで、忘八が束になってかかってきたら勝てない。忘八たちが動けなくなるのは、遊女を人質にした取り籠もりだけ。どのような理由があろうとも、忘八は仕置きを見世の主から命じられたとき以外は、遊女に傷を付けられない。このときばかりは、町奉行所に頼る。そのときのためだけに、吉原は町奉行所に金を渡し続けているのである。

それを佐藤猪之助はよく知っている。

与吉からもらった一分《ぶ》の金がなくなるまで、小見世の遊女と遊んだ佐藤猪之助は、静かに吉原の大門を出た。

「これで思い残すものもなくなったわ」

小銭だけになった巾着《きんちゃく》を、佐藤猪之助は捨てた。

「捕まえることこそ、正義なれど……正義が振るわれぬならば……やるしかない。あやつを見逃せば、十五歳で見習いに出て以来、江戸の町を守り続けた吾《わ》が生涯が、無に帰《き》す。罰を与えるは、吾が天命なり」

自らを鼓舞《こぶ》した佐藤猪之助が、力強く歩き出した。

「……馬鹿を口走っていたようだが、大門外でならなにをしようとかかわりはねえ。ご苦労だったな」

大門陰で佐藤猪之助を見送った吉次が、手を振って配下たちに解散を命じた。

第四章　竹光の力

一

吉原から浅草は近い。男が急ぎ足で歩けば、半刻（約一時間）もかからなかった。

「まだ、日差しはしばらく明るいか」

浅草門前町まで戻って来た佐藤猪之助が、天を仰いだ。

「問題は、あの浪人がどこにいるかどうかだ」

佐藤猪之助が少しだけ悩んだ。

「ただあの浪人に天罰を喰《く》らわせるだけでは意味がない。吾《われ》の名誉も回復し、吾を追い出した南町奉行山田肥後守をはじめとする町奉行所の者どもに、後悔をさせてやらねばならぬ。それには、多くの耳目《じもく》があるところで、あの浪人を始末せねば……」

復讐《ふくしゅう》を果たすとともに、己《おのれ》の名誉を回復させるという一石二鳥を、佐藤猪之助はもくろんでいた。

「吾が正しかったとわかれば、御上《おかみ》を欺《だま》した田野里とかいう旗本は改易、山田肥後守も罷免《ひめん》される。ざまをみろ」

佐藤猪之助が大声で笑った。

「………………」

「見世物じゃねえ」

不意に笑ったことで目を向けた人々を威嚇《いかく》して、佐藤猪之助は足を動かした。

「長屋を見に行くか」

当然、佐藤猪之助は、左馬介の長屋を知っている。

「……おいっ」

長屋への辻《つじ》を入ったところで、佐藤猪之助は夕餉《ゆうげ》の用意とばかりに干し鰯《いわし》を家の前で焼いている女房に声をかけた。

「へ、へえ」

浪人に横柄《おうへい》な態度をとられたら、長屋の女房では立ち向かえない。女房が怯《おび》えながら応じた。

「諫山はおるか」

「……諫山さまですか、ならば先ほど出られました」

訊《き》かれた女房が、おずおずと長屋の外を指さした。

「そうか」

うなずいた佐藤猪之助が、背を向けた。

「なんなんだよ、まったく。加壽美姐《ねえ》さんと仲がいいからかね。諫山の旦那も気を付けなきゃねえ。あの浪人、殺気だってたし」

離れていった佐藤猪之助に、長屋の女房が安堵《あんど》した。

佐藤猪之助は、その足で今度は湯屋《ゆや》を訪れた。

「あっ、てめえ。おめえのおかげで、うちは分銅屋さんから……」

番台に座っていた番頭が、佐藤猪之助を見つけるなり嚙《か》みついた。

「そうか、ならばここにはいないな」

佐藤猪之助が、番頭の怒りなんぞどうでもいいと、湯屋を出ていった。

「……………」

あまりに淡々としていた佐藤猪之助の態度に、湯屋の番頭が啞然《あぜん》とした。

「いよいよ、店にいると決まった」

佐藤猪之助が口の端《はし》を吊《つ》り上げた。

「裁きをくれてやる」

行く先に分銅屋の看板を見つけた佐藤猪之助が、歯を剝《む》き出しにしながら駆けた。

いつもの湯屋が使えなくなったことで左馬介は、分銅屋の浴室を借りていた。

「蒸し風呂でないというのも気持ちよいものだ」

一人しか入れない狭い浴槽ながら、湯が張られている。肩まで湯に浸《つ》かるという贅《ぜい》沢《たく》に、左馬介は感動していた。

「お湯は抜かないでくださいね」

外から喜代の声が聞こえた。

「承知」

湯屋ではないのだ。浴槽の湯も身体《からだ》を洗うための湯も、井戸から女中が汲《く》んで来なければならない。一番風呂は分銅屋仁左衛門がすませ、二番目として左馬介が使わせてもらっているが、この後も自前の住居を持っていない奉公人から女中まで使うのだ。

無駄遣いは、労力に跳ね返る。

「水足しは拙者《せつしや》がおこなうぞ」

桶《おけ》に水を入れて、井戸と往復していては疲れる。左馬介が喜代に申し出た。

「お願いしますね」

最近は喜代も遠慮しなくなってきている。

「任されよ」

浴槽から出た左馬介が一人、胸を張った。

眠気を浴室で飛ばした左馬介の耳に、店の表での言い争いが聞こえてきた。

「騒がしいね」

分銅屋仁左衛門も怪訝《けげん》な顔で店先を覗《のぞ》いていた。

「見て参ろう」

左馬介が太刀《たち》を左手に持ちながら、土間へと降りた。

「……だから、出入り禁止だと言ったはずですよ」

店の表で番頭が、佐藤猪之助を止めていた。

「下手人《げしゅにん》をかばい立てするのか、分銅屋は。ここの用心棒は、人殺しだぞ」

佐藤猪之助が大声で告発をしている。

「物騒なことを口にしないでくださいよ」

番頭が佐藤猪之助を睨みつけていた。

「馬鹿が、来ましたか」

いつの間にか、分銅屋仁左衛門も左馬介の背中ごしに、騒動を見ていた。

「止めて参りましょう」

「ああやって他人目《ひとめ》を集め、諫山さまを人殺しだと周知するつもりでしょう」

「……なるほど」

少し左馬介が考えた。

「ならば、分銅屋どの、ちと貸していただきたいものがござる」

「……それはいいですが、危なくはないですか」

「そこは、十分気をつけまする」

分銅屋仁左衛門の忠告に、左馬介が首肯《しゅこう》した。

「どうかしたのか、番頭どの」

暖簾《のれん》をあげて、用意をした左馬介が表に出た。

「来たな、人殺し」

佐藤猪之助が待っていたとばかりに、左馬介を指さした。

「番頭どの、お戻りなされ。分銅屋どのがお呼びである」

歓喜している佐藤猪之助を放置して、左馬介が番頭に告げた。

「旦那さまが……へい」

ちらりと背後を見て、分銅屋仁左衛門の姿を確かめた番頭が、身を退《ひ》いた。

「あと、布屋の親分のところへ、暴れ者だと」

「へい。おい、喜助、走りなさい」

「ただちに」

左馬介の指示に、たちまち番頭たちが反応した。

「いいのか、おまえが捕まるだけだぞ」

佐藤猪之助が余裕で、地の御用聞きを連れてくるというのを見逃した。

「お集まりの衆」

左馬介は相手をせずに、早々と集まっている野次馬に顔を向けた。

「ここにおる浪人どののお顔をご存じの方はおられぬかの。おられれば、申しわけないがお引き取りをお願いいたしたい」

あくまでも左馬介は、佐藤猪之助を知らない男として扱うつもりでいた。

「おいおい、連れないな。諫山よ。この佐藤猪之助の顔を忘れたか」

佐藤猪之助が笑いながら、左馬介の名前を口にした。

「……おられぬか。困ったの。こういうときは、どうすればよいのであったかの」

左馬介がため息を吐《つ》いた。

「御用聞きに任せればいいんじゃねえか」

野次馬から声がかかった。

「ありがたきご助言なれど、尾羽《おは》うち枯らした浪人といえば、先日までの自らを思い出してのう。御用聞きに連れていかれて、佐渡《さど》の金山《きんざん》へ送られても哀れであろう」

吾《わ》が身もついこの間まで、こうであったと左馬介が同情した。

「喰えぬとなれば、下手《へた》な芝居でも、なんでもするのが浪人じゃでな」

「きさま……」

ずっと己を目にいれず、野次馬と話をしている左馬介に佐藤猪之助が怒りだした。

「人を殺した者が、なにを申すか」

「言うにことかいて、人殺しとは……」

佐藤猪之助がまたも指さしたのに、左馬介が泣きそうな顔をした。

「脅しだとしても、あまりであろう、お集まりの衆」

「たしかにそうだな。おめえさんに他人が斬《き》れそうにはねえや」

情けないと首を横に振る左馬介に、野次馬が乗った。

「斬れぬともよ」

左馬介が腰の太刀に手をかけた。

「こいつっ」

佐藤猪之助がさっと間合いを空けた。

「見てくれ……」

左馬介が抜いたのは、誰が見てもわかる竹光《たけみつ》であった。金貸しでもある分銅屋仁左衛門には、伝家の宝刀を形《かた》にしていく旗本や大名もいる。形にしたとわからないよう、拵《こしら》えだけは持ち帰る者が多く、竹光が常備されていた。

その竹光を、左馬介は仰々しく頭上に掲げて見せた。

「そいつあ……」

「人どころか、鼠《ねずみ》も斬れやしねえ」

たちまち野次馬が笑い出した。

「売るものがなくなってから、強請集《ゆすりたか》りはするものだと拙者は思うのだが、どうであろう」

左馬介が竹光を鞘《さや》へ戻した。

「そうだ、そうだ」

左馬介の言葉に、野次馬たちが同意した。

「どうやら、まだ太刀はお持ちのようだ。それをまず売って、その後に悪事に手を染められてはいかがかの」

「ふ、ふざけるなっ」

諭《さと》すような左馬介に、佐藤猪之助が憤怒《ふんぬ》した。

「きさまが、きさまが、人を……」

「帰れ、浪人」

「浅草の観音さまの罰《ばち》が当たるぞ」

怒りで発言がまともにできなくなっている佐藤猪之助を、野次馬が煽《あお》った。

「おのれがああ」

ついに佐藤猪之助が太刀を抜いた。

「うわあ、抜きやがった」

「人殺しだ、人殺しだ」

野次馬が巻きこまれてはたいへんだとばかりに、大きく引いた。

「貴殿が人殺しであったか。や、それはいかぬ」

左馬介も数歩退《さ》がった。

「えっ」

佐藤猪之助が呆然《ぼうぜん》となった。

左馬介を下手人だと糾弾《きゅうだん》し、世間に知らしめてと考えて、わざと騒動を起こしたのに、いつの間にか、己が人殺しだとして避けられている。

「御用聞きを呼んで来い」

「梯子《はしご》、戸板で囲め。斬られるぞ」

野次馬が、そろって佐藤猪之助を非難している。

「ち、違う。拙者は人殺しではない。拙者はもと南町奉行所の同心である」

佐藤猪之助が、泡を食った。

「同心だあ、それがなぜ太刀を振りあげている」

左馬介が指摘した。

「それは、きさまが……」

目標だった左馬介から言われた佐藤猪之助が、戸惑いを怒りに変えた。

「きさまさえ、いなければ……吾はまだ同心で……」

佐藤猪之助が太刀を振りあげたまま、左馬介へ近づいた。

「殺してやる」

「待ちやがれっ」

野次馬を割って布屋の親分が子分を連れて現れた。

「やっとか。遅いぞ」

左馬介が小さく安堵した。

「布屋か。邪魔するな」

目だけでそちらを見た佐藤猪之助が言った。

「佐藤の旦那、さすがにそれはいただけやせんね」

布屋の親分が、房なしの十手《じって》を構えた。

「……おいらに十手を向けるか」

佐藤猪之助が、息を呑《の》んだ。

「太刀を捨てておくんなさい。今ならまだ間に合いやす」

「もう遅いわ」

布屋の親分からの説得を、佐藤猪之助が拒んだ。

「こいつの、こいつのせいで……」

佐藤猪之助が、左馬介へ刃《やいば》を向けて斬りかかろうとした。

「おっと」

左馬介が逃げた。

何度も斬り合った経験から、左馬介は太刀の間合いを計っていた。太刀の刃渡りに、腕の長さを足したものが刃の届く範囲である。あとは、どれほど足を踏みこんでくるのか、それさえ見ていれば、剣術ができなくても逃げられる。

「逃がさぬ」

佐藤猪之助が、続けて斬りかかった。

「なんの」

ふたたび左馬介が後ろへ跳んだ。

「逃げるなっ」

怒鳴りつけた佐藤猪之助が、左馬介に気を奪われた。

「……………」

機を見計らっていた布屋の親分が十手で佐藤猪之助の右肩を後ろから叩《たた》いた。

「あうっつ」

不意討ちに佐藤猪之助が太刀を落とした。

「神妙にしやがれっ」

「なにをするか」

布屋の親分が十手を振り向いた佐藤猪之助の額に押しつけた。

「やかましいわ」

佐藤猪之助が十手の先を握って、奪い取ろうとした。

「御上に逆らうか。おいっ、縄を打て」

布屋の親分が手下《てか》たちに指図した。

「旦那っ」

分銅屋を見張らせていた配下から、ことを聞いた与吉が駆けつけてきた。

「……与吉か」

佐藤猪之助が目を逸《そ》らした。

「あんなに申しましたのに……」

「……すまねえな。どうしても辛抱《しんぼう》できなかったのよ」

与吉の嘆きに佐藤猪之助が詫《わ》びた。

「なにをしている。縄を打たねえか」

与吉の登場で、動きの止まった手下たちを布屋の親分が叱咤《しった》した。

「よろしいんで」

手下たちが与吉を気にした。

「馬鹿野郎。さっさとしねえか」

布屋の親分にしてみれば、分銅屋仁左衛門は縄張りのなかでも大店《おおだな》になる。その分銅屋仁左衛門に迷惑をかけた浪人、それがもと同心であろうが、扱いを変えるわけにはいかなかった。

「へい」

手下が抵抗しなくなった佐藤猪之助に縄をかけた。

「布屋の、頼む。縄は勘弁してくれねえか」

与吉が頭をさげた。

「聞けねえよ。刀を振り回して暴れたんだぞ。それにここはおいらの縄張りだ」

「……無理を言ったな」

手厳しく拒絶された与吉が、謝罪した。

「歩け」

縄尻《なわじり》を持った手下が、佐藤猪之助を後ろから小突いた。

「…………」

佐藤猪之助が布屋の親分たちによって引き立てられていった。

「行くぜ」

与吉がその姿を見たくないとばかりに背を向けた。

二

騒動は終わり、野次馬が散り始めた。

「おもしろいの」

そのなかに会津藩留守居役の高橋外記がいた。

「偶然行き交った振りでもできればと、分銅屋の前に来てみれば、おもしろい話を聞けた。ふむ、これを見逃す手はないの」

一人で合点した高橋外記は分銅屋の前を離れて、悄然《しょうぜん》と去っていく与吉の後を付け始めた。

「……………」

与吉が俯《うつむ》いていたのは、布屋の親分の縄張りを出るまでであった。

「くそったれが」

縄張りを出たところで、与吉が顔をあげた。

「てめえらも胸張れ。縄張りで顔を伏せていちゃ、御用聞きの顔が立たねえぞ」

「へい」

与吉の鼓舞《こぶ》に下っ引きたちが従った。

「ですが、親分……布屋の親分さんも冷たいじゃござんせんか。なにも佐藤の旦那に縄かけずとも……」

一人の下っ引きが愚痴をこぼした。

「阿呆《あほう》。あそこで旦那に情けをかけてみろ。分銅屋さんが、布屋の親分を許さねえぞ。店先を騒がせただけでも十分なのに、用心棒を人殺し呼ばわりしたんだ。分銅屋の暖簾に泥を投げつけたも同然、あのまま縄打たずに連れていってたら、今ごろ縁切りの使いが布屋の親分のもとへ出てるぜ」

与吉がため息を吐いた。

布屋の親分の縄張りでもっとも大店なのが分銅屋仁左衛門である。その分銅屋仁左衛門から縁切りをされたら、追随する店が続出する。そうなれば、たちまち布屋の親分は窮迫《きゅうはく》して没落する。

「……親分はどうお考えで」

まだ不満があるのか、下っ引きが問うた。

「用心棒のことか」

「へい」

確認した与吉に下っ引きが首肯した。

「……あるだろうな」

「それはっ」

認めた与吉に下っ引きが驚愕《きょうがく》した。

「そもそも、あの一件は、おいらの縄張りであった。おめえも見ただろう、あの仏さんを」

「へい」

下っ引きが首を縦に振った。

「上意討ちだあ、その割には刀傷なんぞなかった」

「たしかに」

最初に死体を検《あらた》めるのは、いつも縄張りの御用聞きになる。それで自然死でないかどうかの目星を付けてから、十手を預けてくれている与力、同心へ報《しら》せる。野垂れ死にくらいで呼び出していたら、与力、同心の機嫌が悪くなるからだ。

「たしか、首の付け根が折れてやした」

「だろう。撲殺する上意討ちなんぞあるけえ」

下っ引きの言葉に与吉が吐き捨てた。

「佐藤の旦那は、それにこだわりすぎた。定町廻《じょうまちまわ》り同心が欺《だま》されるわけにはいかねえという矜持《きょうじ》が高すぎたのさ。長いものには巻かれろができなかった。お奉行さまが上意討ちだと認めたところで、やめておけば……」

「少し、その話を聞かせてもらえまいかの」

「だ、誰だ」

背後から声をかけられた与吉が、大あわてに振り向いた。

「名前はどうでもいい。いや、知らぬほうがよい。ただ、一つだけ、儂《わし》はおまえの敵ではない。そして分銅屋の用心棒に少し用がある。いや、分銅屋の金にな」

声をかけた高橋外記が、卑《いや》しい笑いを浮かべた。

留守居役というのは、交渉が仕事である。相手をその気にさせるのが得意でなければ、やっていけない。

「分銅屋の用心棒と」

「少しかかわりがある。正しくは、かかわりを作ろうとしているところだな」

確かめた与吉に高橋外記が告げた。

「かかわりを作る……金でござんすね」

大名家が両替商の用心棒とかかわろうとする。普通ならあり得ないことだが、昨今の手元不如意《ふにょい》な大名家にとっては、わずかな伝手《つて》でも欲しいところであった。

「……独り言でよろしゅうござんすか」

「親分」

話そうと言った与吉を下っ引きが止めた。

「おめえたちは、先に帰ってな」

与吉が下っ引きに手を振った。

「よろしいんで」

「見廻《みまわ》りでもしてな」

まだ懸念《けねん》を持っている下っ引きに、与吉が用を命じた。

「へい」

下っ引きが離れていった。

「お武家さま、立ち話というわけにもいきませんが」

「どこか、つごうのいいところはないか。もちろん、払いは拙者が出す」

密談を求めた与吉に、高橋外記がうなずいた。

分銅屋仁左衛門が、騒動を収めて戻って来た左馬介を迎えた。

「お疲れさまでございました」

「いや、これも役目だ。これを」

礼を述べた分銅屋仁左衛門に、左馬介が手を振りながら竹光を返した。

「竹光をどうされるのかと思いましたが……お見事」

分銅屋仁左衛門が賞賛した。

「昔、人足仕事をしていたときに、浪人と職人で喧嘩《けんか》になったことがあっての」

左馬介が苦笑を浮かべながら、続けた。

職人は、何の技も持たず、また学ぼうともしない浪人を馬鹿にしている。

「何度、同じことを言わせる。角鍔《かくごて》だと言っただろうが。おめえの持っているのは、仕上げ用だ」

「そんなもの区別がつくか」

浪人には両刀を差している、すなわち庶民ではないという思いあがりがある。職人に怒鳴りつけられたら言い返すことが多い。

「役に立たねえ。辞めちまえ」

「武士に対して無礼であろう」

どちらも血の気は十分にある。現場で喧嘩なんぞ珍しくもない。

「舐《な》めてると刺すぞ」

職人が先の尖《とが》った鏝《こて》を持って、浪人を脅した。

「こやつめっ」

やはり頭に血がのぼった浪人が、太刀を抜いた。

「へっ」

「……あっ」

浪人の太刀はとっくに売り払われ、竹光になっていた。

それを見た職人が唖然とし、気づいた浪人が呆然となった。

おかげで一気に、緊迫した雰囲気は霧散し、喧嘩をしていた二人も冷静になった。

「覚える」

「頼むぜ」

浪人と職人が仲直りをし、現場はなにもなかったかのように回り出した。

「……竹光には、みょうに他人を笑わせるというか、気を抜く効果がある」

「たしかに。斬られたところで、棘《とげ》が刺さるくらいの竹光相手に、殺気だってもいられませぬな」

左馬介に聞かされた分銅屋仁左衛門も笑った。

「しかし、うまくごまかしましたな。あれで、佐藤の言った諫山さまが下手人という話を誰も覚えていませんよ。野次馬の皆、今ごろ、浪人の喧嘩に竹光が出たと笑い話をしているでしょう」

「そうであればよいがの」

左馬介もため息を吐いた。

「これで、普段どおりに戻れる」

「はい」

分銅屋仁左衛門が、左馬介にうなずいた。

「後は、湯屋だけだな」

雇われている身としては、主人の風呂を借りるのは気兼ねであった。

「湯上がりの喜代が見られましょうに」

「勘弁してくれ。見たからといってなにもできぬのだ」

生殺しになると左馬介が首を横に振った。

「一度、喜代に知られぬよう、吉原へお連れしますよ」

「吉原くらい行けるだけの金はもらっているぞ」

左馬介が手を振った。

「いえね、ことをすませるだけではなく、女と言葉を交わすという楽しみを知られてもよいかと思いまして」

「要《い》るのか」

分銅屋仁左衛門の理由に、左馬介が首をかしげた。

「……だからですよ。そのようなお方だから、喜代にしても加壽美姐さんにしても苦労する」

「それは……」

そこまで言われて気づかないほど鈍くはない。左馬介が気まずそうな顔をした。

「おわかりになったら、お誘いしますから、腹づもりをしておいてくださいよ。さて、そろそろ店も終わりでしょう。奥へ入りましょうか」

分銅屋仁左衛門が、左馬介を誘った。

三

安本虎太は、同僚の佐治五郎《ごろう》を誘って、見廻りに出た。

目付が御殿を巡回するように、徒目付は廓内《くるわうち》を見て回るのも仕事の一つであった。

「動きがないな」

「ああ」

すでに安本虎太は、佐藤猪之助が自宅まで来たことを佐治五郎に伝えていた。

「目付は、浪人に手出しできぬとはいえ、なにもせぬとは思えぬ」

「分銅屋は、田沼さま出入りの両替商だからな。分銅屋を落とせれば、田沼さまのお力を大きく削《そ》げる」

安本虎太の言葉に佐治五郎が同意した。

「町奉行所に要書は出ていないのだろう」

「出てなさそうだ」

要書が出れば、詳細を問い合わせるため、町奉行所から吟味方《ぎんみかた》の与力が目付のもとへ出される。当たり前のことだが、町奉行所の与力が目付部屋へ行くためとはいえ、登城すれば目立つ。なにせ、不浄職として嫌われる町奉行所の役人なのだ。登城してはならないという決まりはないが、普段は大手門を潜《くぐ》ることさえ遠慮している。その与力が御殿内にいれば、どこかで噂《うわさ》になった。

「出されても困るしな」

「南町奉行は受けまいし、北町奉行も面倒になるのはわかっている。受けたとしてもすぐには動くまい」

　二人が顔を見合わせた。

「どうする」

「そうよなあ。これ以上あの目付たちのことで煩《わずら》わされるのは勘弁して欲しい」

　佐治五郎の問いに、安本虎太が告げた。

「そうよなあ」

「かといって、徒目付《かち》であるかぎりは、命じられれば従うしかない」

　大きく二人がため息を吐《つ》いた。

「なあ、徒目付である意味は……」

「無役よりましぞ。足高《たしだか》もあるし、小普請金《こぶしんかぶ》を取られずともすむ」

　言いかけた安本虎太に、佐治五郎が被《かぶ》せた。

　徒目付は百俵五人扶持《ぶち》と決められている。これは役高で、本禄《ほんろく》がこれ以下の場合だけ、その差額が支給される。安本虎太も佐治五郎も八十俵二人扶持なので、二十俵三人扶持を足高で与えられている。

　当然、徒目付を辞めれば、無役となり小普請組入りとされた。小普請組になれば、足高はなくなるうえに、安本虎太と佐治五郎の本禄に合わせて、年に一両という金を徴収された。

「むう」

二十俵三人扶持を失い、さらに一両という金を取りあげられる。差し引きすればかなりの損失になった。

「子が多い」

「年寄りがおる」

佐治五郎も安本虎太も金の要る事情があった。

「とはいえ、このまま徒目付をしていても、先は知れている」

「せいぜいが油漆《うるし》奉行か、お畳奉行といったところだ」

徒目付からの出世はあまりよくなかった。身分が目見え以下の番方《ばんかた》になるため、目見え以上の役目へ転じることがほとんどできなかった。

油漆奉行は、城中に納品される油、漆を管理する。役高百俵、ただし役料が百俵支給された。畳奉行は城中の畳の表替え、新調を担当し、役高は百俵と油漆奉行と同じだが、役料はなく役扶持として七人扶持が支給された。

どちらも閑職中の閑職であるが、徒目付より手取りは増える。

「そちらにいければいいが、挑燈《ちようちん》奉行では目も当てられぬ」

佐治五郎がうなだれた。挑燈奉行は八十俵高の持ち高勤めで手当がない。

「せめて闕所物《けつしよもの》奉行ならまだいい。余得があるからの」

安本虎太が告げた。

闕所物奉行は、刑罰の一つである財産没収を担当する。闕所された家屋敷、財産を接収、それを競売にかけて金にし、勘定《かんじよう》奉行へ納めた。金を触るだけに、競売に参加する商家からの付け届けなどがあり、徒目付と同じ百俵五人扶持ながら、裕福であった。

「なあ、佐治」

思いきったように安本虎太が、佐治五郎を見つめた。

「…………」

なにを言われるかわかっている佐治五郎が唾を呑んで待った。

「田沼さまに売らぬか」

「目付のことだな」

安本虎太の提案を佐治五郎が確認した。

「ああ。田沼さまはものをくれる者をお引き立てになると評判だ」

「我らに金はない。金の代わりに、目付たちの動きを報せる。これを対価として、出世を願うか」

佐治五郎が腕を組んだ。

「それしかあるまい。このままではすり潰《つぶ》されるか、目付に嫌われたとして、免職になるか、更迭《こうてつ》されるだけだ」

安本虎太が先が暗いと言った。

「少し考えたい」

さすがに佐治五郎も即断できなかった。

「当然だな。どうするかは三日後に聞こう。そこで決断が違っても、決して互いを損じるようなまねはすまい」

「うむ。それは誓う」

仲間を売るなということだけを決めて、二人は別れた。

会津藩留守居役高橋外記は、与吉から聞いた話を江戸家老井深深右衛門へと語った。

「むうう」

井深深右衛門が唸《うな》った。

「人を殺した浪人と、会津松平家が繋《つな》がるわけにはいかぬ」

苦い顔で井深深右衛門が述べた。

「ですが、折角、金のあてができたのでございまする。これを利用せぬ手はないかと存じまするが」

高橋外記が勧めた。

「分銅屋の財は、十万両をこえるとまで言われておりまする」

「十万両……それだけあれば、当家の借財は消える」

井深深右衛門が驚愕した。

「さすがに、全部は難しいでしょうが、諫山のことを利用すれば、一万両くらいは無利子無期限で借りられましょう」

「一万両か……それでもありがたいの」

高橋外記の胸算用に、井深深右衛門がため息を吐いた。

どことも大名家の内情は悪くなっている。今や、江戸家老は江戸の豪商から金を借りるのが仕事といってもまちがいではないところまで来ている。

「金は欲しい。喉《のど》から手が出るほど欲しい。だが、当家は格別の家柄である。遡《さかのぼ》れば、神君家康公に繋がる名門中の名門。その会津松平家が……」

まだ井深深右衛門は悩んでいた。

「諫山がかかわらなければ、よろしいのではございませぬか」

「どういう意味じゃ」

高橋外記の言葉に、井深深右衛門が首をかしげた。

「会津松平家は、分銅屋に借財を申しこむ。これは別段問題にはなりませぬ」

「恥ではあるがの」

冷害や飢饉《ききん》などを理由とせず、町人から金を借りるのは、藩政をまともにできなかったとの証《あかし》でもあった。

「ただ、その交渉のおりに、諫山のことを知っているぞと匂《にお》わせるだけならば、その場にいた者以外は、当家と人殺し浪人とのかかわりを知ることはございませぬ」

「分銅屋が知ることになるぞ」

「下手人を雇っているのは分銅屋でございまする。表沙汰《おもてざた》にすれば、己に降りかかってくるだけ」

忘れていないかと念を押した井深深右衛門に高橋外記が返した。

「……ふうむ」

井深深右衛門が思案した。

「金が要るのでございまする。当家には」

考える暇《ひま》はないと高橋外記が井深深右衛門に迫った。

藩が窮迫して、大きな影響を受けるのが留守居役であった。留守居役は幕府の役人や、近隣の大名、親戚筋の大名、旗本との交際を担当する。

格別な家柄だからといって、幕府から役を免除されるわけではない。さすがに藩祖保科正之のように大政委任《たいせいいにん》などという大役はあり得ないが、日光《にっこう》代参だとか、江戸城警衛だとか、信頼のおける一門あるいは譜代《ふだい》大名にしか任せられない役目はあり得る。どのような役目でも基本は、奉公になる。領土をもらっているご恩に対するものなので、役料や扶持がもらえても、持ち出しになった。

藩財政が厳しいときに、幕府からの命とはいえ、損失は痛い。

そういった面倒事が、藩に振りかぶってこないよう、他所《よそ》の藩へ命じられるよう、幕府役人に働きかけるのが留守居役であった。

他にも藩士同士のもめ事があったときの手打ちに出向いたりと、留守居役の仕事は多岐にわたり、重要である。

そして、交渉には金が要った。こちらから頼みごとをするときは、呑ませて喰わせて抱かせるを重ねて、相手を落とすのだ。

だが、勘定方から見ると、留守居役はそれを口実に、己も遊んでいるとしか思えず、藩に余裕がなくなれば、最初に削減されるのが留守居役の遣う金であった。

「わかっている」

家老ともなると留守居役の重要さを理解している。

「そろそろ御執政さまへ働きかけねば、御上よりなにかしらのお役目が任じられるかも知れませぬ」

「冗談ではない」

高橋外記の脅しに井深深右衛門が顔色を変えた。

「だがのう……」

わかっていても井深深右衛門は煮え切らなかった。

「いかがでございましょう。分銅屋との交渉をわたくしがいたしまする。その代わり、借財がなりましたときには、留守居役に五百両お任せくださいませぬか」

「五百両もか。多すぎるのではないか」

井深深右衛門が高橋外記の条件に渋い顔をした。

「数年の不足を補うには、いささか不安が残るくらいでございまする」

幕府の普請奉行や老中の用人を吉原で接待すれば、一度で二十両から三十両はかかる。五百両など、あっという間になくなる。

「しかしだな、それを勘定方が受けいれるか」

家老といえども、家臣でしかない。勘定方に拒まれれば、強行できるものではなかった。

「その代わり、失敗すれば、わたくしを減禄《げんろく》してくださって結構でございまする」

「……よいのか」

高橋外記の宣言に井深深右衛門が興味を示した。

留守居役は世慣れた者が任じられるが、他家に軽くあしらわれぬだけの格式も要るため、家中《かちゅう》でも用人、組頭《くみがしら》に準ずる家柄から選ばれることが多く、会津藩では一千石未満五百石以上であることが多かった。

高橋外記も六百石を与えられており、もしこれを半知《はんち》にでもできれば、年間百両以上が浮く。それがこの先ずっととなれば、計算ができるだけに勘定方も認める可能性が高かった。

「わかった。勘定方は押さえてみせよう。きっと為《な》し遂げろよ」

井深深右衛門が承諾した。

当番目付から疑われていると悟った芳賀と坂田であったが、なにもせずにじっとしているのではなく、反撃の機を窺《うかが》っていた。

相手の攻撃を凌《しの》ぐのは容易《たやす》いように見えて、そうではなかった。なにせ、目付は独立した役目であり、他の勘定方や火付け盗賊改め方のように、同役の援護をもらうことができないのだ。

同僚に攻められるのは、いわば籠城《ろうじょう》戦であった。堅固な城に立て籠《こ》もり、敵の攻撃に耐える。城攻めには籠城側の三倍の兵力が要るという軍学上の常識は、当てはまらなかった。

なにも相手は堅固な城門や塀を破らなくてもいいのだ。攻め続けて城に籠もらせていれば、目付としての役目ができなくなり、いずれ職務怠慢という声が他の目付たちからもあがる。

当然、攻められている目付も抵抗しようとするが、なにせ援軍がなかった。籠城の勝利は敵があきらめて撤退するか、援軍を得てそちらから攻めてもらうかしかない。亀のように手足首を縮め、固い甲羅に閉じこもって、嵐がすむのを待つのは悪手《あくしゅ》でしかなかった。

とはいえ、いきなり反撃するだけの材料も、戦力もない。となるとなにかしら、当番目付の矛先《ほこさき》を鈍らせるための材料を見つけるまで、落ち度を見せないように守りを固めるべきであった。

「吾以外の命は受けておらぬな」

芳賀は小人《こびと》目付を呼び出して、確認した。

「はい。受けておりませぬ」

小人目付がうなずいた。

先日は慌てていたためにこれを怠り、見事に当番目付の罠《わな》にはまってしまった。同じ失敗を繰り返すわけにはいかない。

「よし。では、そなたは今日より、田沼主殿頭《とのものかみ》の上屋敷を見張り、誰が目通りを願ったかを調べよ」

「誰かとなりまするると、誰何《すいか》をいたすことになりますが……」

並んでいる者の顔を全部知っているわけではないと、小人目付が困惑した。

「誰何は許さぬ」

そのようなまねをすれば、すぐに田沼意次に知られるだけでなく、当番目付の耳にも届きかねない。

「ではどうすれば……」

小人目付は言われたことをするだけの役目であり、自ら考えて動くということをしなかった。また、そうでなければ目付たちも小人目付を使えない。なにをしでかすかわからない道具など、かえって邪魔でしかなかった。

「そなたが顔を知っているだけでいい」

「一人では……」

芳賀の指示に小人目付がまだ戸惑っていた。

一人で見張りを続けるのは厳しい。

厠《かわや》も行きたくなるし、食事もしなければならない。一日や二日なれば、それくらいは耐えられようが、三日、四日となると難しい。

また一人では、知っている顔に限界もある。

「わかっておるわ。もう何人か、向かわせる」

無理をさせれば、効率と正確さが落ちる。疲れは、集中力を消費し、思わぬ見落としを起こす。

芳賀が小人目付の願いを認めた。

「いつから……」

「今からじゃ。よいか、決して目立つなよ。密《ひそ》かにな」

問うた小人目付に芳賀が念を押した。

小人目付は十五俵一人扶持、幕府でもっとも身分の低い武士と言える。中間《ちゅうげん》や黒鍬者《くろくわもの》などから選ばれ、任にある間は武士として両刀を差し、名字を名乗ることが許される。目付の供として遠国《おんごく》へ出向いたり、牢《ろう》屋敷の内情を見て回ったり、あるいは隠密《おんみつ》として働くこともあった。小人目付として功を重ねれば、徒目付や徒に出世でき、そうなれば世襲できる武士身分となれる。

幕府に属する小者《こもの》たちにとって、まさに小人目付は登竜門であった。

「見張り、誰が来たかを報せよ……か。無茶を言われる」

芳賀に命じられた小人目付がため息を吐いた。

もともと目付は旗本でも千石近い名門から選ばれる。もとから矜持は高い。そこに目付になれば、諸大名も気を遣ってくれる。なにしろ役目が非違《ひい》監察で、他人の粗探しなのである。当然、人を見下した態度になる。

そんな目付にとって、小者あがりに過ぎない小人目付など、馬以下犬以上といったところになる。

「遅いわ」

己は馬を使って駆けながら、供の小人目付が遅れると、笞《むち》をくれるなど当たり前、気に入らなければ、すぐに役目を取りあげる。小人目付にとって、目付の供ほど災難はない。

「気に入らぬ報告だと叱《しか》られるのだろうな」

小人目付を長く勤めると、目付がなにを求めているかがわかるようになる。目付は、己の望む結果を小人目付に要求しているのだ。

「なにもございませんでした」

「誰も参りませんでした」

このような報告をしようものならば、

「手を抜いていたな」

「居眠りでもしていたに違いない」

己の思惑が外れたことを小人目付のせいにする。

「結果が出るまで戻って来るな」

「死んでも探してこい」

平気で無理を押しつけてくる。

「見つけましてございまする」

ならばと不眠不休、必死の思いで証を手にしても、

「ああ、それはもうよい」

目付の興味は他に移っている。

こういった目に、小人目付は遭《あ》わされてきた。

それでも辞めないのは、武士という身分を失うのが惜しいのと、子々孫々まで世襲できる地位への出世があるからだ。

普通の小者、黒鍬者などは、雨であろうが傘を差せず、手摑《てづか》みで馬糞《ばふん》を掃除させられたり、馬よりも重い荷物を運ばされたり、それこそ人として扱われない。

このような思いを息子にさせたい親などいるはずもなく、己が悔しい思いをする、辛《つら》い扱いを受けるくらい、我慢できる。

「……まだましか」

呉服橋御門付近へ着いた小人目付は、少し安堵していた。

田沼意次の屋敷に並んでいる者を見張るだけならば、夜は組屋敷へ帰れるのだ。

人気の田沼意次だけに、呉服橋御門の閉まる暮れ六つ（午後六時ごろ）で行列が途切れるものではなく、さらに一刻（約二時間）以上は並ぶが、さすがに新たな客は来ない。

「あれは、書院番の新井田《にいだ》さまではないか。あちらは腰物奉行の坂江《さかえ》さま……」

懐《ふところ》から出した紙に小人目付は、わかるだけの人の名前を書き付けていった。

「意外と大変だ。一人では厳しいな」

行列を先頭で待っていれば、全員の顔を見られるが、ずっとそこにいれば田沼屋敷の者に気づかれる。

「三人とは言わぬ。もう一人欲しい」

入れ替わりして、顔を覚えられないように見張るしかないと小人目付は、難しい顔になった。

「おいっ」

「弥左衛門《やざえもん》か。おぬしも」

「おうよ、矢介《やすけ》」

半刻（約一時間）ほどで、同僚が増えた。

「助かった。一人では手に負えぬ」

「小半刻（約三十分）交代で先頭と、末尾を代わろう」

「わかった」

弥左衛門の提案に矢介と呼ばれた小人目付が首肯した。

四

三日の猶予というのは、短い。

「どうするか決めたか」

またも二人きりになった安本虎太が佐治五郎に問うた。

「決めた。田沼さまにかけよう」

佐治五郎が告げた。

「よし」

安本虎太が拳《こぶし》を握りしめた。

「いつ行く」

「お役目がある。そう並んでもおれぬ」

決行日を訊いた佐治五郎に安本虎太が表情を固くした。

徒目付《かち》にはかなりの裁量が認められており、数日どころか数カ月控え部屋へ顔を出さなくても咎《とが》められはしない。

だが、さすがに城中で、他人目《ひとめ》のある呉服橋御門内で田沼家の行列に並ぶのはまずかった。

「できるだけ、すんなりと屋敷に入らせてもらわねば……」

「宿直《とのい》明けはどうだ」

悩む安本虎太に佐治五郎が提案した。

「……ふむ」

安本虎太が考えた。

目付と同様、徒目付にも宿直はあった。目見え以下の役人で城中泊まりの者を監察するためであり、その宿直の間は目付の指図は受けないのが慣例であった。

「次はいつだ」

「拙者は四日後だ。おぬしは」

「吾は明後日だな」

互いの宿直の順番を二人が確認しあった。

「佐治、三日後に代わってもらえるか。そうすれば、引き継ぎをせずにすむ」

当たり前のことだが、宿直が明けたときに、前夜なにがあったかを報告する義務がある。なにか異状があったときは、大手門脇の徒目付組頭詰め所へ報告に行かなければならないが、なにもなければ翌日の宿直番に異状なしと言えばすむ。

翌日が佐治五郎ならば、報告をしたこととしてすませられる。

安本虎太が宿直の順番を変更してくれと、佐治五郎に頼んだ。

「やってみよう」

徒目付は四十名ほどいる。何人かは目付の指示を受けているだろうが、それでも宿直番の交代ができないほどではないはずであった。

「すまぬな」

「いや、そちらこそ大変だろう。宿直番の途中で抜け出すようなものだ。見つかれば叱責《しっせき》だけではすまぬぞ」

「覚悟はしている」

佐治五郎の忠告に、安本虎太がうなずいた。

呉服橋御門が開かれるのは、明け六つ（午前六時ごろ）であり、宿直は交代する朝五つ（午前八時ごろ）までが当番である。

つまり、安本虎太は一刻の間、宿直を抜けることになる。

「まあ、誰も気づかぬさ」

安本虎太が明るく述べた。

宿直番も泰平が続けば、形だけになる。城中の火の用心に責任を負う目付は、さすがに居眠っていては務まらないが、徒目付の宿直番は、徒目付部屋で待機しているだけでいい。

役目の都合で朝早くに出てくる徒目付がいても、宿直番が部屋にいなくても気にしない。なにかしらがあって、出向いていると考えるだけであった。

「では、明後日だ」

安本虎太が己に言い聞かせるように宣《せん》した。


田沼意次に分銅屋仁左衛門は呼び出された。

「お呼びと伺いました」

「すまぬな。御用の隙《すき》を抜けてきたのだ。ときがない。早速だが……」

手を突いた分銅屋仁左衛門に、田沼意次が話を始めた。

「南町奉行山田肥後守から、ていねいな詫びがあった。我が田沼家出入りの両替商に、もと同心が迷惑をかけたとな」

「それは……」

南町奉行といえば、旗本の顕官《けんかん》であり、とても商人に頭をさげるようなまねはしない。分銅屋仁左衛門が驚いた。

「余への遠慮であろうな」

田沼意次が苦笑した。

「ですが、なかなかにできることではございませぬ」

「言われるより先に詫びたほうが、傷口が小さいと考えたのだろう。でな、そのときにもと同心の処分が決まったと報《しら》せてくれた」

「どのような」

分銅屋仁左衛門が尋ねた。

「浪人だということでな、余罪もあるだろうと牢屋敷送りになった。それも揚屋《あがりや》ではなく、東二間牢《にけんろう》入りとしたと」

「……………」

田沼意次の話に、分銅屋仁左衛門が戸惑った。

「そなたもわからぬか」

「はい。あいにく牢に入ったことがございませんので」

「それもそうだな」

分銅屋仁左衛門の返答に、田沼意次が笑った。

「ちゃんと山田肥後守が説明してくれたわ。揚屋というのは、武士、神官、僧侶などが入るところで、牢としてはかなりましだそうだ。浪人でも名のある道場主や、寺子屋の師匠などは、揚屋になることもあるらしい。普通ならば、もと同心とあれば、揚屋になるのだがな、あの者はそれを認められなかった」

「はあ」

牢なんぞどこでも同じだろうと、分銅屋仁左衛門は曖昧《あいまい》な応答を返した。

「ふふふ、そなたと同じ顔を余もしていただろうよ」

楽しそうに田沼意次が笑い声をあげた。

「申しわけございませぬ」

分銅屋仁左衛門が謝った。

「よいよい。当然じゃ。町奉行にでもならぬかぎり、牢屋敷のことなどわからぬでの」

田沼意次が手を振った。

牢屋敷は世襲奉行の石出《いしで》帯刀《たてわき》が差配している。旗本は町奉行になれるが、不浄職とされる牢奉行にはなれないため、その内容を知る者は少なかった。

「牢屋敷には当たり前だが、ろくでもない者ばかりが入っておる。そのなかで揚屋は、いわば特別な場所でな。身分ある者が入れられる。となれば、ほとんど使われることがない。なにせ武士ならば己の屋敷、僧侶神官ならば、寺社奉行のもとで監禁されるからの。つまり、一人あるいは二人で揚屋牢を使える。対して、東二間牢は庶民の牢、しかも無宿者《むしゆくもの》を主に入れている。わずか二間四方の牢に、数十人詰めこんでおり、身体を横たえることさえできぬとか。これは、ご政道としても考えねばならぬことだが、まあ、今は置いておこう」

牢屋が賑《にぎ》わうのは、世のなかが不安定だからともいえる。施政側に立つ田沼意次が、苦そうな顔をした。

「狭いところに詰めこまれたら、人はどうなる」

「苛立《いらだ》ちましょう。ましてや無宿者で罪を犯した連中ばかりとなれば、喧嘩が始まるかと」

問われた分銅屋仁左衛門が答えた。

「さようである。これもあってはならぬことだが、東二間牢では、毎日のように死人が出るそうじゃ」

「……間引《まび》いている」

分銅屋仁左衛門が息を呑んだ。

「さすがだの。山田肥後守の話によると、厭《いと》われた者が顔に布を被せられたうえで押さえつけられ、睾丸《こうがん》を踏み潰されて殺されるらしい」

「…………」

思わず分銅屋仁左衛門が痛そうな顔をした。

「それにな、東二間牢に入っている者は、己たちを捕まえた町方の者を憎んでいるとかで、町方の者がなにかの罪で入れられれば、その日のうちに報復されるそうじゃ」

「では……」

「これは、あくまでもそうなるかも知れぬという話でしかないぞ」

顔色を変えた分銅屋仁左衛門に田沼意次が言った。

「第一、そんなに人が殺されては、牢奉行の責任問題になろう。牢屋で死んだ者は、すべて心《しん》の臓が発作を起こしての頓死《とんし》となる。牢屋医師がそう診立《みた》てておるゆえな、咎めるわけにもいくまい。我らは医術の門外漢だからな」

政《まつりごと》には闇もある。田沼意次が飄々《ひょうひょう》と語った。

「ということじゃ。ゆっくりと話をしたいところではあるが、お城へ戻らねばならぬでの。また、今度にいたそう」

「ありがとう存じまする」

話は終わったと手を振った田沼意次に、分銅屋仁左衛門が深々と頭をさげた。

町奉行所の役人だった佐藤猪之助を仲間内でかばい立てして、咎めを軽く、ふたたび江戸の町に放つのではないかという危惧《きぐ》を感じている分銅屋仁左衛門への田沼意次の思いやりであった。

田沼屋敷を主《あるじ》の後に出た分銅屋仁左衛門は、表門の外で待っている左馬介に手をあげて合図した。

「終わられたか」

大股で近づいてきた左馬介が、分銅屋仁左衛門に確認をした。

「はい。帰りながらお話をいたしましょう」

分銅屋仁左衛門が左馬介を促《うなが》して、歩き出した。

「……………」

いつもより少ないとはいえ、今日も並んでいる。その並んでいる者たちの目が、分銅屋仁左衛門に突き刺さった。

「剣呑《けんのん》な」

左馬介が思わず、分銅屋仁左衛門を身体で隠そうとした。

「ただの嫉妬でございますよ。なにもできません。田沼さまの信頼を受けている分銅屋に手出しをすれば、どうなるか、皆さまご存じですから」

分銅屋仁左衛門が鼻で嗤《わら》った。

「しかし、よいのか。憎まれることになるが」

報復することができないほど、人の嫉妬というのは溜《た》まっていく。

「これも金の力というものでございますよ」

わざと聞こえるように、分銅屋仁左衛門が声をあげた。

「……無茶をする」

左馬介が小さく嘆息《たんそく》した。

田沼意次と分銅屋仁左衛門は、八代将軍吉宗《よしむね》の遺言である武家の経済を天候に左右される不安定な米から、固定されている金へと転換させようと考えて手を組んでいた。

もちろん、双方の利害は一致しているが、その根本は違っている。

武家の経済基盤を盤石《ばんじゃく》なものへと換え、百年先も徳川幕府が天下を握っていられるようにとしている田沼意次に対し、分銅屋仁左衛門は金を握っている商人こそが天下の経済を担《にな》うべきと企《たくら》んでいる。

最終的な目標では決別することになるが、今はそこにまで至っていない。

だからこそ、田沼意次は分銅屋仁左衛門を気遣うし、分銅屋仁左衛門は田沼意次の援護をする。

今の一言も、田沼意次に一目置いて欲しいのならば、相応の金を稼いでみせろという、分銅屋仁左衛門による手伝いであった。

「なにもできないとわかってはいるが……面倒はできるだけ避けてくれ」

左馬介もそれを承知で用心棒をしているとはいえ、絶対に分銅屋仁左衛門を守れるという自信はない。

「波風立たないような生きかたでは、田沼さまに笑われますよ」

分銅屋仁左衛門が手を振った。

あきれかけた左馬介が、表情を固くした。

「……かなわぬな……」

「どうかしましたか」

小声で周囲に気づかれぬよう、分銅屋仁左衛門が訊いた。

「あやつ、先ほどまで行列の先頭を見ていた」

左馬介がちらと目で小人目付の弥左衛門を指した。

「……なにやら並んでいる者の顔を見ては、書き留めているようでございますな。身《み》形《なり》はあまりよろしくない」

分銅屋仁左衛門が見て取った。

「先日、目付が行列を解散させろと言ったとか」

「ああ、遠くで見ていた」

確かめるように問うた分銅屋仁左衛門に左馬介が首肯した。

「松浦屋さんに、追い払われたと聞きましたが……まだ、あきらめていない」

「となると、あれは目付の配下か」

分銅屋仁左衛門の言葉を受けた左馬介が、思い出そうとしていた。

しかし、黒麻裃《あさがみしも》でいかにも目付でございと主張しているのと違い、小人目付は普通の羽織袴《はかま》姿で特徴がない。

「いたかのう」

左馬介は首をかしげた。

「まあ、田沼さまにそれとなくお報せしておきましょうか。もう一度戻りますよ」

分銅屋仁左衛門が踵《きびす》を返した。

「……では、そのようにお伝えを」

「わざわざすまぬの」

田沼家の門番が、分銅屋仁左衛門の報告を受けた。

「では、御免を」

分銅屋仁左衛門がもう一度、帰途に就いた。

「今日並んでも、田沼さまには会えないのだろうに」

さすがに田沼意次が非番の日に比べて短いが、それでもかなりの人数が手になにかしらの風呂敷《ふろしき》包みを抱えて並んでいる。

左馬介が感心した。

「ご非番の日より、ましかも知れませんよ。たしかに普段は、朝、田沼さまが登城なさるまでの一刻たらずしか、直接のお目通りはかないませんが、ご非番ともなると先日の行列のごとくなりますからねえ。ゆっくりお話をするどころか、名前を覚えてさえいただけますまい。少なくとも、今日ならばご用人の井上さまと少しは交流ができましょう。それを重ねていけば、田沼さまのお耳に入るかも知れません。井上さまは、それだけ田沼さまにご信頼なされておられますから」

またも声を不自然でないくらいに大きくして、分銅屋仁左衛門が周囲に聞かせた。

「今度はなんのために」

左馬介がつぶやくようにして尋ねた。

「少しは井上さまに振らないと、田沼さまのご負担が洒落《しやれ》になりませんから」

「なるほど」

分銅屋仁左衛門の説明に左馬介は納得した。

寵臣《ちょうしん》というのは、他人もうらやむ出世をするが、それ以上に大変なものであった。

主君は寵臣を手元から離さない。主君の許しがなければ、食事や厠《かわや》さえも行けないのだ。

「共にいたせ」

食事を用意されるのも苦痛である。主君の目、周囲の者たちのやっかみのなかで、食事をしたところで身につくはずもない。

「少し体調が悪く……」

休ませてくれなどと言おうものならば、

「見舞いをいたせ」

「脈を取って参れ」

使番《つかいばん》や奥医師を派遣してくる。

病人でも、将軍からの使者、奥医師に対しては、礼を尽くさなければならなかった。相手は将軍名代である。将軍を寝たままで迎えるなど、家臣として許されるはずもなく、身形を整えて出迎える羽目になり、より調子を崩すことになる。

「田沼さまには、お健やかでいただきませんとね」

なにをするにしても健康でなければ、ことはなせなくなる。

豊臣秀吉が、あと五年長生きしていれば、関ヶ原の合戦はおこらず、徳川は天下人にはなれなかった。

「さて、田沼さまのお話でございますが」

呉服橋御門を出たところで、分銅屋仁左衛門が語った。

「……そうか」

左馬介は、短く応じた。

さすがに佐藤猪之助の末路を知ってしまえば、快哉《かいさい》を叫ぶことはできなかった。

「気になさいますなとは言いませんよ。発端は加賀屋《かがや》の愚かでしたが、それに合わせてしまったのは、こちらでしたしね」

分銅屋仁左衛門は慰めを言わなかった。

「ですが、不用意なまねをなさったことは、確かです」

「わかっている」

腹立ち紛れに、佐藤猪之助の耳に要らぬことをつぶやいたのは、左馬介であった。

「行きましょう、諫山さま。こういうときは、溺《おぼ》れるのが一番ですよ」

落ちこんだ左馬介に、分銅屋仁左衛門が明るく誘った。

「……どこへ」

「吉原でございますよ。美しい女を見て、うまいものを喰えば、男の悩みの半分は消えますから」

首をかしげた左馬介に、分銅屋仁左衛門が告げた。

第五章　強欲と縁

一

　することもなく宿直番《とのいばん》をこなしていた安本虎太は、城中土圭《とけい》の間《ま》から報《しら》される明け六つ（午前六時ごろ）の前に動き出した。

　呉服橋御門が開く前に田沼家上屋敷の門前に着いていなければ、並ぶ羽目になる。

　なにより、登城前だけが、非番以外の日で直接田沼意次に目通りをできる唯一の機であり、その栄誉に与《あずか》れるのは、先頭から数人と限られる。

　なんとしても遅れるわけにはいかなかった。

「……よし、誰もおらぬ」

安本虎太が、田沼家上屋敷表門前で安堵《あんど》した。

「そろそろだな」

明け六つが近づき、城中もわずかに賑《にぎ》やかになる。

そして江戸城諸門が開かれ、人の気配が一気に増えた。

「なっ、拙者より早いとは」

小走りに田沼屋敷まで来た壮年の武士が、安本虎太に気づいて絶句した。

「抜かされた覚えはないというに……貴殿はどうやって」

壮年の武士が安本虎太に問いかけた。

「言うわけござるまい」

「むうう。たしかにそうじゃな」

安本虎太の拒否に、壮年の武士が認めた。

「おはようございまする」

田沼家の表門が開き、門番士が出てきた。

「主《あるじ》、ただいま用意をいたしております。今、しばしお待ちくださいますよう、お願い申しあげまする」

もう並んでいるのは、慣れているのか、把握していたのか、門番士は淡々としていた。

「いつぐらいになりましょう」

安本虎太が問うた。

「さようでございますな。あと半刻（約一時間）もお待たせいたさぬかと存じまする」

少し考えた風で、門番士が答えた。

「……………」

「お待たせをいたしましてございまする。お見えいただきました順にて、主がお目にかかりまする」

たしかに半刻ほどで、目通りが始まった。

「御免」

後ろに並んでいる者たちへ、一礼して安本虎太が門を潜《くぐ》った。

「初めてのお方でございましょうや」

玄関で控えていた案内役の藩士が、安本虎太に尋ねた。

「いかにも」

「では、畏《おそ》れ入りまするが、お腰のもののうち太刀《たち》をここにてお預かりいたしまする。差し添えは、客間に入りましたらお外しいただき、後ろにお願いをいたしまする」

案内役の藩士が注意事項を述べた。

「承知」

安本虎太が太刀を案内役の藩士に預けた。

「では、こちらへ」

預かった太刀をていねいに、玄関脇の小部屋に置いて、案内役の藩士が安本虎太の前に立った。

廓内《くるわうち》に上屋敷を与えられているとはいえ、田沼意次はまだ五千石でしかない。屋敷の敷地はさほど広くはなく、御殿も大きなものではなかった。

「こちらでございまする」

案内役の藩士が、襖《ふすま》の手前に膝《ひざ》を突いた。

「おおっ」

あわてて、安本虎太も倣《なら》った。

「殿、本日最初のお客さまでございまする」

「うむ。お入りいただけ」

どのような身分の者が来るか、わからないのが目通りである。格下だと思っていたら、じつはということもある。案内役の藩士はもちろん、田沼意次もていねいな対応であった。

「えっ……」

普通、客が来てから、主が現れる。それがすでに田沼意次が客間で待っている。思わず、安本虎太が愕《おどろ》きの声を漏らした。

「どうぞ」

動きの止まった安本虎太を案内役の藩士が促《うなが》した。

「こ、これは」

うろたえた安本虎太が、立ちあがって客間へ踏みこんだ。

「あわっ」

身分の差からいって、膝行《しっこう》し、襖際で手を突かなければならない。それを安本虎太は飛ばし、気づいて顔色を変えた。

「お座りあれ」

やわらかい眼差《まなざ》しで田沼意次が、安本虎太を迎えた。

「は、はっ」

安本虎太が腰を落とした。

「差し添えを」

後ろから案内役の藩士が注意をした。

「さ、さようでござった」

手を纏《もつ》れさせながら、安本虎太が脇差《わきざし》を後ろへ置いた。

「落ち着かれよ」

田沼意次が安本虎太を宥《なだ》めた。

「申しわけございませぬ」

安本虎太が頭をさげている間に、案内役の藩士が襖を閉めた。

「…………」

お側御用取次《そばごようとりつぎ》という老中に匹敵する重職と、二人きりになった安本虎太が絶句した。

「お話はわたくしのなかだけに留《とど》めるためでござる。遠慮はご無用じゃ」

田沼意次が、ここでの話は外に漏れないと保証した。

「畏れ入りまする」

安本虎太が深々と頭をさげた。

「わたくしは徒目付《かち》の……」

名乗りから、ここへ来るにいたった経緯も安本虎太が語った。

「……ふうむ」

聞き終わるまで口を挟まなかった田沼意次が、扇子《せんす》をもてあそび始めた。

「いろいろと邪魔をしてくれると思ったが、そこからであったか」

田沼意次がため息を吐《つ》いた。

「大御所さまのお心がわからぬ輩《やから》が」

「…………」

八代将軍吉宗のことを口にした田沼意次に、安本虎太が怪訝《けげん》な顔をした。

「知らぬほうがよい。知れば、そなたも目付から狙われる」

興味を持った安本虎太を田沼意次が制した。

「はっ」

安本虎太が首肯《しゅこう》した。

「よく報《しら》せてくれた」

田沼意次が安本虎太を褒《ほ》めた。

「いえ」

「褒美《ほうび》を用意せねばならぬ」

謙遜《けんそん》した安本虎太に田沼意次が言った。

「安本虎太と佐治五郎であったの。名前は覚えたぞ」

「かたじけのうございまする」

雲の上の高官である田沼意次に名前を覚えてもらう。それは、まさに栄達の第一歩であった。

「芳賀と坂田を見張りましょうや」

「いや、なにもするな。余の手伝いをしてくれるという心根はうれしいがの。それでなにかあっては困る。いずれ、頼むこともある。それまでお役目を忠実にこなせ」

身を乗り出した安本虎太に、田沼意次が首を横に振った。

「ご苦労であった」

田沼意次が話はここまでにしようと告げた。

「今後、なにかありましたときは」

変化があったときの報せはどうするかと安本虎太が訊《き》いた。

「無理はせずともよいぞ。が、なにか気づいたことがあれば……分銅屋へ報せてくれ」

「では、そのように」

深々と礼をして、安本虎太が、田沼意次の前からさがった。

田沼屋敷を出た安本虎太は、思わず歓喜の声を出してしまった。

「やった」

お側御用取次と直接話をした。それだけでも御家人《ごけにん》としては、子々孫々まで語り継ぐほどの大事である。だが、安本虎太は、それ以上のものを得ていた。気がうわずったのも当然であった。

「……あれは」

芳賀に命じられて行列を見張っていた小人《こびと》目付の弥左衛門が、安本虎太に気づいた。

「徒目付の……お名前はなんであったか」

小人目付と徒目付はそうそう顔を合わせないが、大手門の警衛当番などで、一緒に働くことはある。

「……思い出せぬな」

あきらめた弥左衛門は、行列の後ろを見ている同僚の矢介のもとへと急いだ。

「どうした」

早足で近づいてきた弥左衛門に、矢介が驚いた。

「名前がわからぬ。徒目付どのだとは思うのだが……」

弥左衛門が矢介に問うた。

「どこだ……背中しか見えぬな」

矢介が安本虎太の後を追った。

「見つかるなよ」

「わかっている」

弥左衛門の注意に矢介が応じた。

「……足音」

徒目付は百俵内外の御家人のなかから、武術に優れた者が選ばれる。安本虎太は、背中に近づく矢介に気づいた。

「まずいな」

密《ひそ》かに田沼意次と会ったのだ。それを見とがめられては困る。

「撒《ま》くか」

付けて来ているのが誰かを確認するより、こちらの身許《みもと》を知られぬようにすべきだと判断した安本虎太も走り出した。

「……しまった」

矢介が舌打ちをして、追跡をあきらめた。目立たぬようにと弥左衛門に言われただけでなく、芳賀からも釘《くぎ》を刺されていた。

「気づかれた。すまぬ」

戻った矢介が弥左衛門に詫《わ》びた。

「いたしかたあるまい。徒目付どのは鋭い」

弥左衛門が慰めた。

「どうする、報告をあげるか」

矢介が己《おのれ》の失敗を知られるのは嫌だと言外に含めて訊いた。

「せぬわけにはいくまい。今はごまかせても、後で露見したら……」

「家ごと潰《つぶ》されるか」

弥左衛門の言葉に、矢介が肩を落とした。

目付の苛烈《かれつ》さは間近で見てきている。

「今すぐではないさ。一日の分を含めて明日の朝に報告となる。書き付ける人数が増えれば、お目付さまの気に留まらぬかも知れぬ」

「……そう願う」

弥左衛門と矢介が、力なく顔を見合わせた。

芳賀と坂田は、当番目付から疑いを受けていた。

もちろん、目付の役目として田沼意次になにかしらの疑いがあれば調べるのは当然であり、問題が発覚すれば評定所《ひょうじょうしょ》へ訴追《そつい》すべきである。

ただし、これに恣意《しい》が入ることは許されなかった。

目付の権威は大きい。老中といえども目付の非違《ひい》監察を受ける。

つまり、目付がその権威を利用して、特定の老中や役人を蹴落《けお》とそうと思えば、できてしまう。

もし、一度でもこれをしたとなれば、目付の正当性は霧散する。

目付の信頼と権威は地に落ち、遠慮していた執政たちが、遠慮なくその権限を剝《は》がしにくる。

かつて大目付が、大名潰しをやり過ぎたことで、その力を怖《おそ》れた執政たちによって、実権を奪われ、名前だけの閑職に落とされたように、目付も名誉職として祭りあげられ、戦場《いくさ》の軍目付以来、連綿と続いてきた監察の歴史は終わる。

当番目付が厳しい目で、芳賀と坂田を見るのも無理はなかった。

「表沙汰《おもてざた》にできぬ」

小人目付から渡された書付《かきつけ》に目を通しながら、芳賀がため息を吐《つ》いた。

「大御所さまのご遺言だからの、相手が」

坂田も同調した。

七代将軍家継《いえつぐ》が、跡継ぎを作ることなく死んだため、御三家の紀州から本家を継いだ八代将軍吉宗は、慣例を無視して幕政に大鉈《おおなた》を振るい、崩れかけていた財政を再建した。

吉宗のやりかたに、御三家尾張《おわり》の徳川宗春《むねはる》をはじめとする譜代《ふだい》名門大名たちは反発したが、待ったなしの状況に陥《おちい》っていた幕府の状況を知っていた役人たちは、その命に従い、苦難を乗りこえた。

おかげで幕府は底の見えていた金蔵に、数百万両の金を蓄え、窮地を脱した。

もっとも、吉宗の死後、一息を吐けた役人たちはその改革を骨抜きにして、ふたたび浪費という悪癖《あくへき》に戻っている。しかし、吉宗の功績は大きく、表だって非難する者は幕府にはいない。

その吉宗の遺命を果たすべく動いている、田沼意次を咎《とが》めるのは難しい。

「なればこそ、失点を探そうとしておるのだ」

芳賀が言い返した。

目付は幕府の規範でなければならない。目付のやることは正しく、常に幕府が緩《ゆる》まぬよう、武士がだらけぬように見張るのも仕事である。

そう考えている芳賀と坂田は、吉宗の米から金への移行が許せなかった。

「土地こそ、武士の命。金は商家など卑《いや》しい者が触る汚れたもの。そのようなものに根本を置くようになっては、武士の世は崩壊する」

偶然、吉宗の遺命を知った芳賀と坂田は、これを阻止しようと決意、実行者として選ばれた田沼意次を排除することにしたのである。

「金を集めているのを失点にできぬかの」

「老中方全部を敵に回す気ならば、できるだろう」

芳賀の意見を坂田が一蹴《いっしゅう》した。

賄《まいない》は幕府でも御法度《ごはっと》である。しかし、これは非常に難しい問題を含んでいた。

「ご就任おめでとうございまする」

「ご出世の段、お慶《よろこ》び申しあげまする」

祝いごとには、金がつきものであった。

「お気遣いかたじけなく」

「遠慮はかえって、失礼になる」

また、これらを受け取るのも当然とされている。

さすがに目付に就任したときは、すべての祝いを断るが、それ以前以後は受け取っている。今回の田沼意次のことも、多少就任や加増からときは過ぎているとはいえ、祝いと言えなくもない。

それを咎《とが》めるならば、まず己たちを告発しなければならなくなる。

「田沼は、金をもらって役目を斡旋《あっせん》しているという」

「証《あかし》はあるか」

まだあきらめきれない芳賀に、坂田が首を左右に振った。

「適材適所である」

「最適だと思ったゆえ、推挙いたした」

これも幕府では慣例であった。

なにせ、大名、旗本の総数に比して、役目が少ないのだ。どうしても役目に就けない者が出てくる。

「旗本として、上様のお役に立ちたく」

こう名目を立てて、役目への推挙を求められれば、よほどのことでもない限り、相手にしなければならなくなる。能力に欠けるとか、罪を得たことがあるとか、そうでもなければ、推挙の順番待ちに入れるくらいはする。

無役の者たちをまとめる小普請組頭《こぶしんくみがしら》の役目は、ほぼ、こういった要求を持ってくる連中への対応といえる。

これも田沼意次より先に、禁止させなければ、理由にならなかった。

「無理か」

「……無理だな。今は」

ため息を吐《つ》いた芳賀に坂田が応じた。

「見ろ、ここに書かれている名前を」

弥左衛門の書付を見ていた芳賀が、坂田を招いた。

「どれどれ……これは、水橋修理亮《みずはししゆりのすけ》どのではないか。一昨年まで目付をしていて、たしか二の丸留守居へ転じたはず」

かつての同僚が田沼意次のもとへ出世を願って出向いているという事実に、坂田が驚いた。

「二の丸留守居は確かに、閑職ではあるが……」

留守居は、将軍が江戸城を離れたときの留守を預かる。十万石の格式を与えられ、嫡男《ちゃくなん》だけでなく、次男までお目通りを許される。まさに旗本の頂点といえる顕職《けんしょく》だが、将軍が江戸城から出ることがほとんどなくなった今、留守居も飾りに落ちていた。

留守居でさえそうなのだ。今やほとんど使われなくなった二の丸の留守居など、なにもすることはないが、格だけは高く、目付からの異動は、出世とされていた。

だが、一日、座っているだけの二の丸の留守居では、手柄を立てての出世など夢のまた夢、水橋修理亮も役人として終わっていた。

「情けない。水橋どのといえば、鬼の修理とまで言われた厳粛な目付であったのに……」

坂田が力なく首を横に振った。

「……我らの行く末かも知れぬ」

芳賀がつぶやくように言った。

「…………」

聞こえなかった振りで、坂田が書付に目を戻した。

「多いのう……うん」

やはり書付に注意を返した芳賀が、ふと動きを止めた。

「また知り合いか」

坂田が顔をあげた。

「徒目付《かち》だと」

芳賀の口調が険《けわ》しくなった。

「これを……」

ふたたび芳賀が書付を坂田に渡した。

「……徒目付が、田沼の屋敷から出てきただと」

坂田も顔色を変えた。

「名前はわからぬが、顔を覚えていると小人目付は書いている」

「誰だ、誰がなんのために田沼と会った」

二人の目付が顔を見合わせた。

「まさか……我らのことを田沼に告げたのではなかろうな」

「どうであろう。すでに我らは上様への直訴《じきそ》で田沼と対峙《たいじ》している」

芳賀の懸念《けねん》に坂田が手を振った。

「では、かかわりはないか」

「そうともいえぬ。徒目付ごときが田沼に会えるということ自体が気になる」

「たしかにな」

芳賀が首肯した。

「これは調べねばなるまい」

「その徒目付が誰かを特定させるか。顔を見たのは、あの小人目付二人だけじゃ。田沼家から目を離すのは痛いが、こちらを優先すべきだな」

坂田が提案した。

「ああ」

新たな命を小人目付二人に下すため、芳賀が立ちあがった。


高橋外記は、分銅屋にどうやって顔を出すかで悩んでいた。

今までつきあいのなかった商家へ、大名家がいきなり訪れるというのは、かなり珍しいことで、ほとんどの場合は、間に誰か紹介者が入った。

「当家出入りの両替商は、桜田備前町《さくらだびぜんちよう》の穂高屋《ほだかや》だが、さすがに他の両替商を紹介せよとは言えぬな」

大名家出入りの両替商は、ほとんど本業ではなく、金貸しとしてつきあっている。言うまでもないが、会津藩松平家も穂高屋からかなりの金額を借りている。そこへ、分銅屋を紹介しろと言えば、まちがいなく新たな借財だとわかる。

なにせ、穂高屋からの借金を会津藩は一度も返せず、さらなる借り入れを申し入れてばかりなのだ。

穂高屋も商売である。金を返してくれない限り、新たに借財を認めてはくれない。利子代わりに侍身分と禄《ろく》を与えてはいるが、そんなもの形だけでしかなく、穂高屋の対応も悪くなっていた。

「やはり、偶然、諫山と出会った形にするしかないか」

高橋外記が独りごちた。

「数日、戻らぬかも知れぬが、ご家老井深さまよりのご命に従って出る」

留守居役というのは、接待で夜遊びもする。藩邸へ帰ってこないこともあるが、居所ははっきりさせておかなければならなかった。

もっとも外出することさえ、内密の場合もある。幕府の高官を接待するときなど、誰とどこで会っているかが、外へ漏れれば、利害関係のある他の藩などが邪魔をしてくる。それを防ぐために、あらかじめ居所不明になるが、これは藩主あるいは家老の指図だと報せておく。

「承知」

同役の留守居役が詳細を問うこともなく、うなずいた。

和田倉御門内にある会津藩上屋敷を出た高橋外記は、浅草へと足を向けた。

「まずは、宿を確保せねばならぬ」

高橋外記は腰を据えて挑むつもりでいた。

左馬介とどこででも会えればいいというものではなかった。

先日、田沼意次の上屋敷前で話をしたとき、さりげなく今なにをしているかを問うたが、返答はなかった。

つまり、左馬介は分銅屋仁左衛門とのかかわりを高橋外記に教えるつもりはない。

「しばらく世話になる」

高橋外記は、浅草寺参詣の者を客とする旅籠《はたご》を宿とした。

「よき部屋を頼む」

高橋外記は、宿屋の番頭に心付けをはずみ、二階の一室を確保した。

浅草寺山門からわずかに離れる旅籠は、遠目になるが分銅屋の表が見える。顔かたちまでは判別できないが、身形《みなり》が商人なのか、浪人かくらいはわかる。なにせ、浪人は曲がりなりにも両刀を差している。

「あの御用聞きの話では、一刻から一刻半（約三時間）に一度、店の周りを見回るという。あと、昼ごろに店を出て、夕七つ（午後四時ごろ）に戻って来るはず」

高橋外記は五輪の与吉から聞き出した話を確認するために、宿を取った。

「一度失敗してしまうと、次は警戒される」

交渉ごとを得意とする留守居役だけに、高橋外記は人の心をよく理解していた。

高橋外記は、一日を左馬介の行動確認に使った。

「判で押したようにとはいかぬが、おおむね同じようだな」

一夜明けて、翌日の夕刻まで見続けた高橋外記は、独りごちた。

「明日の夕刻」

左馬介との接触を高橋外記は決めた。

三

分銅屋仁左衛門に連れられて吉原へ行った左馬介は、居心地の悪い思いをしていた。

「…………」

喜代の機嫌が悪い。

吉原に行ったとはいえ、分銅屋仁左衛門と一緒にである。

「初日は顔合わせだけですからね。話しかけてもいけませんよ」

分銅屋仁左衛門の馴染《なじ》みである揚屋《あげや》へあがった左馬介は、吉原独特のしきたりに戸惑った。

「ご無沙汰《ぶさた》すぎるでありんすえ」

「……………」

分銅屋仁左衛門の敵娼《あいかた》遊女が拗《す》ねる隣で、美しい遊女が無言で座っていた。

「悪かったねえ、美津夜《みつや》。ちょっといろいろあったからね。ところで、その妓《おんな》は誰だい」

「あちきの妹女郎の郁夜《いくや》でありんす。郁夜、江戸でも知られた両替商で、あちきのいい人の分銅屋さんでありんす。ご挨拶《あいさつ》を」

「郁夜でありんす」

美津夜に言われた遊女が、分銅屋仁左衛門に軽く頭をさげたが、左馬介には目も向けない。

「さて、初会《しょかい》は終わりだね。さがっていいよ」

分銅屋仁左衛門も当たり前のように、郁夜をさがらせた。

「これで終わりでござるか」

左馬介があっけにとられた。

「ここからは、飲み食いだからねえ。口もきかない、なにも飲み食いしない妓は、邪魔だろう。向こうも気詰まりだろうしね」

さあ、騒ぐぞと分銅屋仁左衛門が笑った。

これだけである。左馬介は、女に触れるどころか、匂いを嗅いだていどなのだ。だが、それを分銅屋仁左衛門が迂闊《うかつ》に漏らしてしまい、喜代の機嫌が悪化した。

「馳走《ちそう》であった」

左馬介は昼餉《ひるげ》を一膳で我慢した。

睨《にら》みつけるような喜代相手では、食べた気がしなかった。

「では、一度帰らせていただきまする」

「申しわけないですな」

帰宅を報せに顔を出した左馬介に、分銅屋仁左衛門が苦笑した。

「いや」

雇い主の慰労だけに、文句は言えなかった。

左馬介は長屋へ帰って、そのまま眠りに就いた。

「諫山先生、そろそろでござんすよ」

二刻（約四時間）ほどで、隣家の女房が戸障子を叩《たた》いて、起こしてくれた。

「……ああ。助かる」

佐藤猪之助のことで疲れ、寝過ぎる怖《おそ》れがあったため、夕餉の用意に入るときに起こしてくれと、左馬介は隣家の女房に頼んでいた。

「行くか」

左馬介が長屋を出た。

いつもならば、この足で湯屋《ゆや》へ行くが、今はまだ分銅屋で内風呂になる。左馬介は、寝起きの髪をなでつけるだけで、長屋を出た。

「……来たな」

高橋外記は、泊まっている旅籠とは反対側まで足を延ばし、今から浅草寺へお参りをするような顔で、左馬介へと近づいていった。

「これは、諫山ではないか」

ちょうど分銅屋の暖簾《のれん》を潜ろうとした左馬介を、高橋外記が呼び止めた。

「……高橋どの」

左馬介が小さく頬をゆがめた。

「奇遇《きぐう》じゃの。久しぶりに浅草寺の観音さまへお参りをと思って参ったら、おぬしと会う。これもお導きであろう。ここが、おぬしの雇われ先か。分銅屋……なんと名だたる両替商ではないか」

一気に高橋外記が話した。

「たしかに、こちらでお世話になっておりまする。申しわけございませぬが、そろそろ刻限でござれば」

さっさと左馬介が別れを告げた。

「お仕事は大事じゃ。うむ。では、また会おう」

あっさりと高橋外記が引いた。

「…………」

浅草寺へと歩き出した高橋外記の背中を、じっと左馬介は見つめた。

「どうかしましたか。番頭が報せてきましたが」

店の前での遣《や》り取りに気づいた番頭の報告を受けた分銅屋仁左衛門が、左馬介の肩に触れた。

「……先日、田沼さまのお屋敷前で、声をかけてきた武家がいたと申しましたのを覚えておいでか」

「覚えておりますよ。諫山さまのお父さまの知り合いだとかいう」

確かめた左馬介に分銅屋仁左衛門がうなずいた。

「その者が……」

「偶然ですか……笑えますな」

左馬介の話に、分銅屋仁左衛門が鼻で笑った。

「しかし、諫山さまも疑い深くなられた」

しみじみと分銅屋仁左衛門が述べた。

「悪くもなるわ。これだけいろいろあってはな」

左馬介が苦笑した。

「いいことですよ。江戸で生き抜くのに、お人好《ひとよ》しでは辛《つら》すぎます」

父親を放逐《ほうちく》して店を継いだときに、親戚すべてを敵に回した経験を持つ分銅屋仁左衛門が苦い顔をした。

「会津藩でしたか、お父上の国元に間違いはございませぬか」

「父の名前も知っていたからの。もっとも拙者にはなんの思い出もないゆえ、たしかだとは言えぬ」

左馬介が首を横に振った。

「なにもお父上は遺《のこ》されなかった」

「ああ。手紙一つ、菩提寺《ぼだいじ》の名前も拙者にはない」

小さく左馬介がため息を吐《つ》いた。

「人別《にんべつ》がはっきりしないのは、あまりよいことではございませんな」

分銅屋仁左衛門が難しい顔をした。

「一度も人別のことを訊かれたことはないぞ」

左馬介が首をかしげた。

「それは、長屋を借りておられたからですよ。場末の長屋でも借りるとなると、身許《みもと》引き受け人が要《い》りますからね。つまり、長屋に住んでいるというだけで、おかしな者ではないという証になりますから」

「なるほど。だから、人足仕事を引き受けるときでも、人別を問われたことはなかった」

説明した分銅屋仁左衛門に、左馬介がうなずいた。

「一々、人別を言っていたら、人足仕事なんぞさせられませんよ。その日一日働く者のことなんぞ、そこまで気遣ってはいられません」

「たしかにそうだな」

左馬介が納得した。

「ですが、御上《おかみ》の決まりでは、人別が要りまする。旅をするわけじゃありませんから、人別をわざわざ取り寄せることもありませんが、法度《はっと》は法度でございますから」

法度と現実に差があるのは、当たり前である。隅から隅まで法度にあわせていたら、ものごとは回らなくなる。

だが、決まりは決まりである。

「人別はどこにある」

町奉行所から正式に問われれば、左馬介はそれに応じなければならなかった。

「一度、話を聞いてみましょうかねえ」

「よいのか。どうせ、ろくでもないことになるぞ」

左馬介が懸念《けねん》を口にした。

「まあ、左馬介さまの故郷を知るのもよろしいではありませんか」

分銅屋仁左衛門が左馬介を宥《なだ》めた。

小人目付は城中に控えの場所を持っていない。

「なんとしてでも、その田沼と会った徒目付《かち》を特定せよ」

芳賀の厳命を受けて、小人目付の弥左衛門と矢介の二人は、大手門を入って左手にある百人番所の外側で出入りする者を見ていた。

「来ぬの」

矢介が疲れた顔をした。

「まだ半日ぞ、あきらめるわけにはいかぬ」

弥左衛門が矢介を窘《たしな》めた。

「わかってはおるがの。城中の出入りは、大手門だけではないぞ」

矢介が反論した。

「二人しかおらぬのだぞ。桜田門、平河門《ひらかわもん》、呉服橋御門、常盤橋《ときわばし》御門などのすべてを見張れぬのだ。ならば、もっとも出入りの多い大手門に集中するしかあるまいが」

「……そうだがの」

無駄な努力にしか思えぬと、矢介が嘆息《たんそく》した。

「それに大手門には、徒目付頭さまのお控えがある。なにかあれば、そこへ来るだろう」

弥左衛門が決して無駄ではないと述べた。

「………」

矢介が黙った。

高橋外記は、左馬介と会った翌日、ふたたび分銅屋を訪れた。

「拙者、会津藩留守居役高橋外記と申す。こちらに知人の諫山がお世話になっておると聞き、ご挨拶《あいさつ》に伺った次第」

「諫山さまの……少しお待ちを」

応対した番頭が、奥へと報せに入った。

「旦那さま」

番頭が分銅屋仁左衛門に声をかけた。

奉公人に面会があるとき、まず主に許可を得る。休みとか、店を終えてからとかならば、そこまでしなくてもいいが、奉公中はその身は主の支配下にある。

「……来たか。客間へお通ししておくれ。一番奥だよ」

「奥でございますか。承知いたしました」

奥の客間は最上級の客間である。店にとって大得意か、よほど気を遣わなければならない相手でなければ、通されることはなかった。

いかにご一門会津藩の留守居役とはいえ、初めてでどのような用件かわからない段階で、案内されるところではなかった。

「分銅屋どの」

番頭から教えられた左馬介が、申しわけなさそうな顔を出した。

「楽しみですな。どのようなお話を聞かせてくださるか」

分銅屋仁左衛門が左馬介の緊張をほぐすように笑った。

「……これは」

最上級の客間に通された高橋外記が置かれている調度品に息を呑《の》んだ。

「あの珊瑚《さんご》の置物は、どれほどの大きさのものを削って作ったのか。赤味の美しさ、抜けのなさは、大名の家宝をこえる。あの壺《つぼ》は信楽《しがらき》か、見事な釉薬《うわぐすり》の色だ」

手元不如意《ふによい》とはいえ、会津藩は将軍に繋《つな》がる名門である。藩邸にある掛け軸や壺、簞笥《たんす》や飾り戸棚も、格式にふさわしいものばかりであった。

いわば、目の肥えている高橋外記をして、分銅屋仁左衛門の客間は目を剝《む》くようなものばかりであった。

「どれほどの金があるというのだ」

高橋外記が気圧《けお》された。

「お待たせを申しました。当家の主、分銅屋仁左衛門でございまする」

客間の外から分銅屋仁左衛門が話しかけた。

「おおう、お入りあれ」

武家は商人より身分が高い。つまり客が許可を出さなければ、形式として分銅屋仁左衛門は客間に入れない。

「御免を」

すっと襖《ふすま》を開け、膝《ひざ》でなかへ入った分銅屋仁左衛門が襖際で手を突いた。

「本日はようこそお出《い》でくださいました」

「不意に参った無礼をお詫びする」

高橋外記が軽く頭をさげた。

「諌山は……」

「お入りを」

左馬介のことを問うた高橋外記に、分銅屋仁左衛門が合図した。

「……………」

無言で左馬介は客間に入り、分銅屋仁左衛門の後ろに座した。

「おおっ。諌山元気そうじゃの」

高橋外記が喜んだ。

「畏《おそ》れ入りますが、諌山さまとはどのようなご関係で」

分銅屋仁左衛門が高橋外記に訊いた。

「言い忘れていたの。この諌山の父左伝とは知り合いでの。左伝はあいにく、暇を取らされて藩籍を外れたが」

「なるほど。諌山さまのお国は会津だと」

「そうじゃ」

確かめた分銅屋仁左衛門に高橋外記がうなずいた。

「左伝は、お暇を賜《たまわ》ってすぐに城下を離れての。それ以来、気にはしておったのだが、会えずじまいであった。拙者も留守居役として江戸へ出てきたのが七年前でな。まさか、江戸におるとは思いもせず」

高橋外記が後悔を口にした。

「諌山さまのお父上さまは、なぜお暇を」

分銅屋仁左衛門が尋ねた。

「恥ずかしい話だがな、藩の財政が……」

最後まで言わなかったが、高橋外記が答えた。

「なぜ、父が選ばれたのでございましょう」

黙っていた左馬介が、放逐の対象になった理由を問うた。

「左伝だけではない。あのとき、百近い者が暇を出された」

高橋外記が続けた。

「家禄《かろく》が二百石未満の者で、無役。それが放逐の条件であった」

「ほう、では二百石以上の方々はご無事でございますか」

告げた高橋外記に分銅屋仁左衛門が疑問を呈した。

「いや、二百石以上の者も扶持米《ふちまい》の返納や、半知《はんち》召しあげなどを受けた」

高橋外記が首を横に振った。

「さようでございましたか」

納得した顔を分銅屋仁左衛門が見せた。

「諫山、国へ戻らぬか。母の実家《さと》迫水《さこみず》はまだ健在であるぞ。そなたの祖父母はもう亡くなったが、今は叔父《おじ》が当主となっておる」

高橋外記が左馬介に声をかけた。

「国に帰っても喰《く》えませせぬ」

一言で左馬介が断った。

「かつての身分にとは言えぬ。だが、三十石くらいならば、いや五十石ならばどうにかできる。武士に戻れるぞ。妻も娶《めと》れよう」

「藩士を放逐せねばならなかったのでは、ございませぬので」

あきらめず左馬介を勧誘する高橋外記に、分銅屋仁左衛門が首をかしげた。

「新田開発をおこなっておる。他にも会津塗《ぬり》をより大きくしようと漆《うるし》の木を植栽いたそうともな」

「それはそれは」

高橋外記の話に、分銅屋仁左衛門が笑った。

「新田開発の土地はある。水も引ける。うまくいけば、五千石相当の新田ができる」

「…………」

見つめてくる高橋外記に、分銅屋仁左衛門は反応しなかった。

「ただの、いささか金が足りぬのだ」

高橋外記が本題に入った。

「あと二万両あれば、新田はできる。そうすれば、二万両は十年で返せる」

そこまで口にした高橋外記が姿勢を正した。

「いかがであろう。諫山がお世話になっておるのもなにかの縁。分銅屋、会津藩に金を貸してくれぬか」

「金を貸せと」

「そうだ。二万両頼む」

分銅屋仁左衛門の確認に、高橋外記が頭をさげた。

「そちらにも損はないと思う。当家は将軍家ご一門じゃ。その会津家へ出入りしているとなれば、箔《はく》も付く。もちろん、武士の身分は与えよう」

「利息は年に一割、期限は十年、毎年二千両と利子二百両をご返済でよろしいのか」

高橋外記がいろいろな条件を出してきたが、それを無視して分銅屋仁左衛門が確認をした。

「……利息は勘弁してくれぬか。返済も新田ができるまで待って欲しい」

高橋外記が虫のいいことを口にした。

「利息なしの返済猶予でございますか」

「その代わり、諫山が復帰できる」

あきれる分銅屋仁左衛門に、高橋外記が堂々と胸を張った。

「お話になりませんな」

分銅屋仁左衛門が拒絶した。

「少ないか。いくらほどなればよい」

左馬介の石高《こくだか》への希望を高橋外記が問うた。

「四千石ならば、考えましょう」

「……分銅屋どの」

「馬鹿な、拙者でさえ六百石しかもらっておらぬのだぞ」

分銅屋仁左衛門の言った石高に、左馬介は衝撃を受け、高橋外記が啞然《あぜん》とした。

「それだけの価値が諫山さまにはございましょう」

「……むっ」

試すような分銅屋仁左衛門に高橋外記が詰まった。

二万両を借りれば、年に二千両の利息が付く。二千両とは、五公五民でいけば四千石に等しい。

利息をなしにするという条件でいけば、左馬介を四千石で召し抱えるのと同じであった。

「家老でさえ二千石ていどなのだ、無茶を申すな」

高橋外記が首を横に振った。

「無茶でございますか。商人に金を貸せ、利息はなしだというのとどちらが無茶でございましょう」

「………」

分銅屋仁左衛門の言いぶんに高橋外記が黙った。

「どうやらおわかりいただけたようでございますな」

言い返してこない高橋外記に、分銅屋仁左衛門が告げた。

「どうぞ、お帰りを」

分銅屋仁左衛門が高橋外記に話は終わったと、退出を促《うなが》した。

「よいのか、分銅屋」

高橋外記が声を低くした。

「はい」

躊躇《ちゅうちょ》なく、分銅屋仁左衛門が首肯した。

「下手人《げしゅにん》を雇っていると知られても」

「また、古い話を持ち出される。すでに終わったものでございますが」

脅しを口に出した高橋外記を分銅屋仁左衛門が嘲笑《ちょうしょう》した。

「世間が黙っておらぬぞ」

「どうぞ、お好きなように」

もう一度言った高橋外記に分銅屋仁左衛門が嗤《わら》った。

「その辺の者が言うのではない、会津藩が広めるのだ」

「ですから、どうぞと申しあげておりまする」

分銅屋仁左衛門が繰り返した。

「諫山、よいのだな」

堪《こた》えない分銅屋仁左衛門に見切りを付けた高橋外記が、矛先《ほこさき》を左馬介へと変えた。

「お好きなように」

「分銅屋に頼め、頼めば藩士として迎えてくれる」

やはり平然としている左馬介を、高橋外記が勧誘した。

「頼めばよいのだな」

「そうだ。額を畳にこすりつけて、金を貸してくれと頼め」

高橋外記が思い通りにいかなかった分銅屋仁左衛門への腹立たしさを、左馬介へぶつけた。

「では、分銅屋どの」

左馬介が分銅屋仁左衛門に向かって手を突いた。

「頼む。金を貸さないでくれ」

「もちろんでございますとも」

「なっ」

心の底からとわかる左馬介の願いに、分銅屋仁左衛門が首を縦に振り、高橋外記が呆然《ぼうぜん》とした。

「わかっておるのか。仕官だぞ、仕官。それも会津藩だ」

高橋外記が大声をあげた。

「生まれてこのかた、ずっと気楽な浪人暮らしをしてきたのでござる。今更、堅苦しい宮仕えなど御免」

左馬介が嫌そうな顔で手を振った。

「そのようなことを言っていいのか、母の実家《さと》が……」

「会ったこともござらぬでな」

あっさりと高橋外記の脅しを左馬介はいなした。

「きさまが下手人だということを……」

「証がございまするか」

「そのようなものなくとも、会津藩の者が一様に口にすれば、それは真実になる」

左馬介に代わって訊いた分銅屋仁左衛門に、高橋外記が告げた。

「では、やってご覧になることで。諫山さま」

「おう」

分銅屋仁左衛門に言われた左馬介が、高橋外記に迫った。

「なにをする気だ」

「……………」

顔色を変えて追及する高橋外記へ、左馬介が無言で迫った。

「おのれ、覚えておれよ」

無言で手を伸ばしてきた左馬介の圧迫に、慌てて高橋外記が逃げ出した。

「まったく、金がないと品性が……」

「父が、国の話をしなかったのも無理はない。困窮したからと捨てられたのだ。今まで重ねて来た代々の奉公が無にされたのだ」

分銅屋仁左衛門と左馬介が、揃《そろ》ってため息を漏らした。

四

高橋外記が出ていったのを見送りもせず、分銅屋仁左衛門は左馬介を伴って居室へ戻った。

「恥じ入る」

左馬介がまず謝罪した。

「諫山さまが詫びられることではありませんよ」

分銅屋仁左衛門が手を振った。

「いや、しかし、拙者を理由にされたであろう」

不愉快だと左馬介が頬をゆがめた。

「金のためとあれば、なんでもしますよ。人というのは」

小さく分銅屋仁左衛門が首を横に振った。

「迷惑をかける」

「お気になさいますな」

まだ頭をさげている左馬介を、分銅屋仁左衛門がいたわった。

「なにかしでかしてくるか」

顔をあげた左馬介が高橋外記の動きを危惧《きぐ》した。

「どうでしょうか」

分銅屋仁左衛門が腕を組んだ。

「たしか、最初に諫山さまが、あの高橋某《なにがし》から声をかけられたのは、田沼さまのお屋敷前だったと」

「いかにも」

確かめる分銅屋仁左衛門に左馬介がうなずいた。

「となると、当家が田沼さまの出入りだとは知っているはず」

「そうであるな」

左馬介も同意した。

「今をときめく田沼さまにかかわるわたくしどもに、本気で手出しをしてくるとは思えませぬ」

「たしかに」

分銅屋仁左衛門の考えを左馬介は受けいれた。

「とりあえず、ここで気にしたところで、どうにもなりませんよ。こういうときは、待つしかありません」

「待つのは辛いの」

明るく述べた分銅屋仁左衛門に、左馬介が息を吐いた。

「では、江戸中に触れて回りますか。わたくしを下手人だという噂《うわさ》が、近く拡《ひろ》がりますが偽りですので、お気になさらずと」

「……それは」

分銅屋仁左衛門の提案に、左馬介が嫌そうな顔をした。

「噂というのは、出るまで対応のしようがありませんからねえ。まあ、日ごろからのおこないがよければ、悪意のある噂なんぞ出たところで、すぐに消えてしまいますし」

「日ごろからのおこないかあ……」

「よろしくはないですな。吉原へ行ったり、加壽美姐《ねえ》さんを長屋に連れこんだりと」

ため息交じりに言う左馬介に、分銅屋仁左衛門が投げた。

「なぜ、それを」

「わたくしは、あの長屋の持ち主でございますよ。いろいろとお話は耳に入ってきます」

驚く左馬介に、分銅屋仁左衛門が笑った。

「……よろしかったのでございますか」

ふと笑いを消して、分銅屋仁左衛門が左馬介を見つめた。

「仕官のことかの」

「………………」

確認した左馬介に、分銅屋仁左衛門が無言で肯定を示した。

「惜しいと思う気持ちはある。一年前なら、泣いて高橋の手にすがっていたろうな」

遠い目を左馬介が見せた。

「禄がもらえる。病になろうが、風が吹こうが、雨が続こうが、仕事にあぶれても飯の心配をしなくていい。家賃が払えなくても長屋を追い出されない。浪人にとって、仕官とはまさに望み、宝物であった」

「今は違うと」

分銅屋仁左衛門が尋ねた。

「違うとも。分銅屋どののおかげで、日々の糧《かて》に困らなくなった。雨風もしのげている。これ以上なにを求めるというのだ」

「ふふふふ」

左馬介の言葉に、分銅屋仁左衛門が楽しそうに笑った。

「それにの」

にやりと左馬介も笑った。

「五十石ていどで仕官して、あんな男の機嫌を取ることになるなど、御免じゃ」

「結構でございますな」

分銅屋仁左衛門も大きく首を縦に振った。

「さて……」

笑うだけ笑った分銅屋仁左衛門が、表情を厳しいものにした。

「あの高橋に、諫山さまのことを売った者がおりますな」

「先日、佐藤が騒いだときにいたのではないか」

左馬介が推測した。

「あの場にいただけにしては、えらく自信満々でございました。噂で聞いたていどで、あれほど強気に出ることはございますまい」

分銅屋仁左衛門が首を左右に振った。

「だが、どうやって探すのだ」

すでに佐藤猪之助はおらず、浅草付近で分銅屋仁左衛門に逆らう者はいない。左馬介が首をかしげた。

「金の怖ろしさを見せて差しあげましょう」

分銅屋仁左衛門が宣《せん》した。

高橋外記は怒り心頭であった。

「おのれ、商人風情《ふぜい》が、浪人のくせに」

旅籠《はたご》ではなく、高橋外記は会津藩上屋敷へと帰館した。

「思い知らせてくれる」

高橋外記は、井深深右衛門へ報告をしなかった。

「失敗したときは、高橋家を半知にする」

そう約束してしまっているのだ。

「見ておれ、涙ながらに金を差し出しますと言わせてくれる」

高橋外記が勘定方へ顔を出した。

「なにかの、高橋」

勘定頭が冷たい顔で高橋外記を迎えた。

遊興に貴重な金を浪費する留守居役を勘定方は嫌っていた。算盤《そろばん》をはじいて、少しでも安くものを納入してくれる商人を探すために、江戸中を歩き回る。こうして浮かせた十両、二十両を、留守居役は一晩で使ってくれる。

「金を頼む」

「また、金か。もう出せぬ」

手を出した高橋外記に、勘定頭が断った。

「どうしてもいる。出してくれ」

「無茶を言うな。今の当家に遊びに使える金などない」

しつこい高橋外記に勘定頭が声を大きくした。

「田沼さまのご機嫌を伺うとしてもか」

「……田沼さまだと」

勘定頭が高橋外記を見つめた。

「そうだ。田沼さまを動かすだけのものを手に入れた。あとは、それを田沼さまの耳に入れるだけ。田沼さまの留守居役どのと話をしたい」

「田沼さまを動かすだけのものだと、まことか」

「ああ」

強く高橋外記がうなずいた。

「むうう」

勘定頭が唸《うな》った。

「……田沼さまにお願いできれば、上様御手元金をご下賜《かし》願えるやも知れぬぞ」

高橋外記が勘定頭を揺さぶった。

上様御手元金とは、幕府ではなく徳川家の財産のことで、災害、冷害などで年貢が望めないとか、転封《てんぽう》などで金が不足した親藩、一門、譜代の大名たちに貸し出されるものだ。

石高や被害によって上下するが、会津藩であれば五千両から一万両は望める。形としては借財で、一年から三年くらいの期間で返済しなければならないが、場合によっては期限延長が認められたり、そのまま下されることもあった。

「会津は格別のお家柄じゃ。御手元金は、まず返済不要になる」

もう一度高橋外記が、勘定頭をそそのかした。

借財というのは、目の前の危機を救ってくれるありがたいものである。しかし、借りたものは返さなければならない。返す、この当たり前の行為が、一息吐《つ》けた財政を、奈落《ならく》へ突き落としてしまう。

勘定方が、すんなり借財の話に乗らないのは、返さなければならないという恐怖によった。

「返さなくて……いい」

「そうじゃ」

交渉が役目ともいえる高橋外記の言葉に、勘定頭がゆらいだ。

「田沼さまのご威勢は知っておろう。先代上様の御信任厚く、ご当代さまにも重用されておられる。今でこそ五千石のお側御用取次だが、まもなく大名に列し、お側用人にのぼられるというもっぱらの噂じゃ」

噂は誰かが確証をもって言ったものではない。噂を伝えただけでは、責任問題になることはなかった。

「……いくらじゃ」

「田沼さまの御用人さまをご接待申しあげるとなれば、やはり吉原、それも西田屋、三浦屋、山本屋あたりになる。太夫《たゆう》を呼ぶわけではないゆえ……そうよなあ、まずは十両あればいけるであろう」

訊かれた高橋外記が計算した。

「十両……山形屋から最上屋《もがみや》へ炭の納入を替えることで、浮かせたこれか……無に帰す」

勘定頭が苦吟《くぎん》した。

「……やむを得ぬ。無駄遣いはするな。あと、残りは返せ」

「承知しておる」

噛《か》みつくような顔で言った勘定頭に、高橋外記が首肯した。

会津藩といえども、田沼意次に会うには、並ばなければいけない。

身分や格式を優先していては、いつまでも商人は田沼意次に目通りできず、後から来た大名の家臣や旗本が順番を抜かしていく。

もちろん、こういう扱いをしている老中や若年寄もいる。

「これは大久保《おおくぼ》家の……」

半日並んだ商人を後回しにして譜代大名を優先し、

「御三家さまでございますか。どうぞ」

今まさに通された譜代大名が、後ろへ追いやられる。

「無駄じゃ」

「疲れただけであった」

これは小禄《しょうろく》の外様《とざま》大名、商人を離れさせてしまう。

金の力を天下に示したい田沼意次としては、商人にそっぽを向かれるわけにはいかないのだ。

「まだか……会津松平ぞ、拙者は」

半刻（約一時間）を過ぎたあたりで高橋外記の辛抱が切れた。さすがに田沼家の家臣に苦情を付けはしないが、周りに聞こえるくらいの声で身分を口にした。

「お先にどうぞ」

前にいる大名家の家臣や商人に譲らせようとの魂胆であった。

留守居役といえば、藩の外交を担当する。当たり前だが、人との遣《や》り取りに慣れた者でなければ務まらない。

日ごろの高橋外記ならば、一刻でも二刻でも耐えられた。だが、分銅屋仁左衛門と左馬介にあしらわれた怒りと、家老井深深右衛門に約束した金を借りられなければ禄を半分返上するとの話が、高橋外記をして焦らせた。

「……………」

当たり前のことだが、並んだもの順と決まっている。高橋外記の独り言くらいで、誰も譲るはずはなかった。

「くそっ」

それがさらに高橋外記を苛立《いらだ》たせた。

とはいえ、ここで騒ぎを起こすことはできなかった。田沼家の用人井上に会う前に、悪い感情を持たれては都合が悪い。

結局、高橋外記は一刻我慢して、ようやく井上と会えた。

「会津藩留守居役高橋外記でございまする。本日はお忙しいところ……」

前口上を高橋外記が述べた。

「いえいえ。こちらこそ、長らくお待たせをいたしまして……」

井上が並ばせたことを詫びた。

「今日は、どのような」

世間話をしている余裕はない。まだまだ目通りの行列は続いている。世間話をせず、井上が用件を促した。

「いかがでございましょう。一度、井上さまを宴席にお誘い申しあげたいのでございまするが」

高橋外記が本題を口にした。

田沼家は五千石である。まもなく大名になるとわかってはいるが、急激な立身出世で人が足りていない。留守居役を置くべきところではあるが、まだふさわしい人材が見当たらず、用人の井上が兼任している状況であった。

「お誘いはありがたいのでございますが……」

井上が心の底から残念そうな顔をした。

留守居役を兼ねているとはいえ、用人は激務である。とても宴席に出向いている余裕はなかった。

「分銅屋は貴家のお出入りでございましたな」

「……さようでございまするが」

高橋外記の出した言葉に、井上が警戒した。

「分銅屋に浪人が寄宿しておりますが、ご存じで」

「はて、存じませんが」

「その浪人が、大罪人だとも」

「なんのことか、わかりませぬ」

続けた高橋外記の問いに、井上が首をかしげた。

用人として田沼意次の代わりを任されるくらいである。そのていどの揺さぶりで動揺など見せはしなかった。

「いや、さすがでございますな」

高橋外記も井上の返答が真実だなどと思ってはいなかった。

「ですが、お出入りの商人がなにかをしでかせば、貴家にも影響は及びましょう。できるだけ早く手を打たれたほうがよろしいかと。老婆心《ろうばしん》までに」

「どういうことでございましょう。ご教示願えますまいか」

井上が求めた。

「いきなり今日では困られましょう。明後日の昼八つ（午後二時）ごろ、吉原の山本屋にてお待ちいたしまする。詳細はそのときに」

答えず高橋外記が約束を置いて、出ていった。

「……馬鹿が。殿がどれだけ分銅屋を頼りになされているか……」

井上が吐き捨てた。

「とりあえず殿にご報告せねばならぬな。まあ、お帰りになられてからでよい。あていどではの。おい、次のお方を」

慌てることなく、井上が役目を続けた。

「相手を不安にして、こちらの立場を強くするには、少し脅しをかけるほうがよい。これで、井上はなにがあるのかと怯《おび》えながら吉原に来る。次の面会の主導権は儂《わし》にある。そうなれば、会津の勝ちぞ」

田沼屋敷を出た高橋外記が、満足そうに笑った。

〈つづく〉

本書は、ハルキ文庫のための書き下ろし作品です。

時代小説文庫
う 9-8

日雇《ひやと》い浪人生活録《ろうにんせいかつろく》八 金《かね》の悪夢《あくむ》

著者 上田秀人《うえだひでと》

2019年11月18日第一刷発行
2019年11月28日第二刷発行

発行者 角川春樹

発行所 株式会社 角川春樹事務所
〒102-0074 東京都千代田区九段南2-1-30 イタリア文化会館

電話 03(3263)5247［編集］ 03(3263)5881［営業］

印刷・製本 中央精版印刷株式会社

フォーマット・デザイン&シンボルマーク 芦澤泰偉

ISBN978-4-7584-4300-5 C0193

http://www.kadokawaharuki.co.jp/［営業］
fanmail@kadokawaharuki.co.jp［編集］ ご意見・ご感想をお寄せください。